就事论理

陈喜庆 编著

中国人民大学出版社
·北京·

图书在版编目（CIP）数据

就事论理/陈喜庆编著.—北京：中国人民大学出版社，2019.6
ISBN 978-7-300-27035-7

Ⅰ.①就… Ⅱ.①陈… Ⅲ.①故事-作品集-中国-当代 Ⅳ.①I247.81

中国版本图书馆CIP数据核字（2019）第107340号

就事论理
陈喜庆　编著
Jiushi Lunli

出版发行	中国人民大学出版社				
社　　址	北京中关村大街31号		邮政编码	100080	
电　　话	010-62511242（总编室）		010-62511770（质管部）		
	010-82501766（邮购部）		010-62514148（门市部）		
	010-62515195（发行公司）		010-62515275（盗版举报）		
网　　址	http://www.crup.com.cn				
经　　销	新华书店				
印　　刷	涿州市星河印刷有限公司				
规　　格	148 mm×210 mm　32开本		版　次	2019年6月第1版	
印　　张	8.75　插页1		印　次	2019年6月第1次印刷	
字　　数	157 000		定　价	38.00元	

版权所有　侵权必究　　印装差错　负责调换

自　序

我这辈子，可以说主要是从事研究和文字工作，插队时写了3年宣传稿，在共青团北京市委工作的9年中先后在共青团北京市委青运史研究室和共青团北京市委研究室度过，在中央统战部的24年里，有11年是在研究室工作，后作为副部长分管了13年研究和文字工作。在这30多年的研究和文字工作生涯中，我常思考这样一个问题：什么样的文稿是听众喜欢听、读者喜欢看的？我曾认真研读过一些受欢迎的领导人的讲话、教授的讲稿、社会各界人士的文章，并组织一些同志进行过几次专题研究，发现凡是受欢迎的文稿都有一个共同特点，那就是讲道理与讲故事相结合，用道理统领故事，用故事说明道理，我把它概括为"两讲结合模式"。这也意味着，讲道理和讲故事是写好文稿的两个基础，或者叫两个基本功。

为了讲好道理，使道理既朴实、深刻而又有哲理，我长期注意搜集哲理箴言，并从 2011 年起，在我分管的单位开展了"写箴言、学箴言、用箴言"活动，以后又通过《中国统一战线》杂志将这项活动推开到统战系统，从而搜集了几万条哲理箴言，并在我组织的文稿起草工作中发挥了重要作用。同时，我从 2012 年开始，在华文出版社的支持下，每年选出 100 条哲理箴言，配上漫画，编辑成书，取名《人民语录》，到 2017 年出版了 6 本，不仅得到国内一些读者的好评，还受到一些外国读者的欢迎，先后出版了英文、阿拉伯文等多种语种的版本。

为了讲好故事，我从本世纪初就注意搜集一些生动而富有哲理的故事，并及时剪下来，贴装成册，几乎每年一本，到现在已近 20 本，搜集了数千个故事，在我的文稿起草工作中发挥了不可替代的作用。

2016 年从中央统战部领导岗位退下来后，在编写《人民语录》的基础上，我萌生了编写一本将讲道理与讲故事结合起来的书籍的想法。特别是，在社会生活中，道理与故事本来就是结合起来的，道理产生于故事，故事中蕴含着道理。因此，我觉得不能满足于以往的就事论事，要更进一步，注重于就事论理。于是，从 2018 年开始，我在以往搜集故事的基础上，又用近 1 年时间搜集了上万个故事，从而拥有了大量故事素材。然后在此基础上，并运用《人民语录》中的成果，再做新的研究思考，便有了现在的这本讲故事与讲道理相结合的书，我给它起了个名字叫"就事论理"。

《就事论理》这本书，按人们经常碰到的问题分成12个专题，共120个故事。故事的选材范围十分广泛，涵盖了古今中外，力求真实、典型、生动。就这些故事论理时，力求朴实、深刻并富有哲理，许多是自己的一些思考和感悟。同时为了不多耽误读者时间，每篇文章限千字以内。如果这本书对人们起草文稿、撰写文章有所帮助，并能够对人们认识和思考一些问题有所裨益，那笔者将感到莫大荣幸。

在编写本书的过程中，还有一个重要收获，那就是澄清了一些故事，其中不少故事很有影响，甚至被收入了学生阅读材料。这些故事写的都是真人，但并非真事，要么纯属杜撰，要么捕风捉影，极易使读者，特别是让学生产生误解，甚至误导读者。因此，我在编写本书的过程中，做了大量考订核实工作，力求使真实成为本书的一个特点。

本书编写过程中，得到中国人民大学出版社和许多同志、朋友的支持帮助，在此一并表示衷心感谢。由于水平所限，书中难免会有不妥之处，敬请读者朋友批评指正。

陈喜庆
2019年5月

目　录

人生与幸福 / 1

伏尔泰的谜语 / 3

印度狼孩 / 5

安踏的生存和发展哲学 / 7

幸运的威斯纳 / 9

过早谢幕的完美人生 / 11

安南的难忘一课 / 13

最幸福国家瓦努阿图 / 15

令人心碎的一家 / 17

不怕活 / 19

泰坦尼克号的"幸存者"细野正文 / 21

成长与成才 / 23

"3岁看大"的说法靠谱吗？ / 25

从乞丐到厂长 / 27

印度洋海啸中的救命恩人 / 29

姆潘巴的物理问题 / 31

127个梦想 / 33

陶行知名字的由来 / 35

超出学生解题能力的考题 / 37

姚明的成绩单 / 39

世界一流大学青睐什么样的学生 / 41

寒门之女 / 43

健身与修身 / 45

王均瑶临终前说了什么 / 47

出乎意料的回答 / 49

加德纳的实验 / 51

无际大师的心药方 / 53

安全帽上的遗书 / 55

绞刑架下的震撼 / 57

书稿被烧以后 / 59

赢得美国总统尊重的中国女孩 / 61

从"凿壁偷光"到"专地盗土" / 63

离座三确认 / 65

婚姻与家庭 / 67

爱情的真谛 / 69

闪婚与闪离的教训 / 71

跳楼救女 / 73

药家鑫事件 / 75

你知道勃兰威尔吗? / 77

给后代留什么 / 79

高工夫妇自杀引发的思考 / 81

将军眼中的好兵 / 83

常回家看看 / 85

成功与失败 / 87

华伦达心态 / 89

当快坚持不住时 / 91

并非神话 / 93

杨振宁的纠结 / 95

帮助对手 / 97

山德士与肯德基 / 99

小泽征尔夺魁 / 101

曹操赏赐反对者 / 103

日本乒乓球神童输球后的反思　/ 105

就因为少了一个连字符号　/ 107

常败英雄　/ 109

识人与用人　/ 111

马克坦岛上的特殊纪念碑　/ 113

不可造就之才获得诺贝尔奖　/ 115

爱因斯坦日记中的中国　/ 117

孔子犯过错误吗?　/ 119

中奖之后　/ 121

养眼　/ 123

普利策奖获得者的尴尬　/ 125

培根是个什么样的人　/ 127

赵师择学狗叫　/ 129

齐桓公的用人奖励之道　/ 131

芬森选弟子　/ 133

说话与办事　/ 135

上门儿子和上门女婿刘绍安　/ 137

偷听来的真话　/ 139

基辛格被拒　/ 141

陈冠唐戴　/ 143

别出心裁的奖励制度 / 145

80 年后的函件 / 147

物勒工名 / 149

一枚邮票与一条运河 / 151

《战火中的女孩》 / 153

勇救希特勒 / 155

为官与官德 / 157

谁是雷锋的榜样 / 159

李绅其人 / 161

晏子辞退高缭 / 163

史上最长时间的道歉 / 165

饱受批评的签名 / 167

许光达的降衔申请 / 169

暂时回避 / 172

曼德拉总统就职典礼上的特殊嘉宾 / 174

拒绝成为朋友 / 176

一场震撼人心的音乐会 / 178

创新与创造 / 181

淘金热与牛仔裤 / 183

胸罩肩带是谁发明的 / 185

打赌引出的发明　／ 187

险些被"枪毙"的世界名曲　／ 189

薄饼冰激凌　／ 191

知无不言　／ 193

日本现象　／ 195

死亡日记　／ 197

爱迪生的败笔　／ 199

钱学森降职　／ 201

生财与用财　／ 203

犄角旮旯里的商机　／ 205

法拉利的经营理念　／ 207

小气的王永庆　／ 209

少得上百亿港元　／ 211

宁死也不动用货物　／ 213

胡庆余堂的店训　／ 215

常家戏楼　／ 217

不幸的大奖　／ 219

张说与《钱本草》　／ 221

爱心与善举　／ 223

"抱抱我"　／ 225

为了乞丐的尊严 / 227

第二次生命 / 229

拾金不昧者的困惑 / 231

最佳居民 / 233

震动全国的公交汽车纵火案 / 235

获奖后的悲剧 / 237

事与愿违 / 239

特别发言 / 241

法治与公正 / 243

昆士兰大学与梅勒家族 / 245

交警救助违法驾驶员 / 247

总理求情 / 249

决定胜负的擦边球 / 251

自判死罪 / 253

砍不起的树 / 255

醉驾入刑第一人 / 257

不务正业? / 259

无法下手 / 261

布哈林平反 / 263

左拉的《我控诉!》 / 265

人生与幸福

幸福是人类孜孜以求的目标。但什么是幸福呢？最幸福国度瓦努阿图告诉我们，幸福是一种积极的主观感受。因此，幸福同有多大权力、有多少财富、有多高名望没有必然联系，在很大程度上取决于人的认识和态度，如同面对镜子时的你，你哭镜子里的人就哭，你笑镜子里的人就笑。幸福的钥匙握在自己的手里。

伏尔泰的谜语

法国启蒙思想家、作家、哲学家伏尔泰，1747年写了一部中篇小说叫《查第格》，小说中讲了这样一个情节：巴比伦国王战死后，大臣们商议决定通过比武、猜谜等方式，选出一位智勇双全者为新国王。其中一个谜语的谜面是这样的："世界上哪样东西是最长的又是最短的，最快的又是最慢的，最能分割的又是最广大的，最不受重视的又是最受惋惜的？没有它，什么事都做不成；它使一件渺小的东西归于消失，使一切伟大的东西生命不绝。"

伏尔泰

唯一猜对了的，是小说的主人公查第格，他认为是时间，并做了这样的解释："最长的莫过于时间，因为它永无穷尽，最短的也莫过于时间，因为我们所有的计划都来不及完成；在等待的人，时间是最慢的，在作乐的人，时间是最快的；它可以无穷无尽地扩展，也可以无限地分割；当时，谁都不加以重视，过后，谁都表示惋惜。没有它，什么事情都做不成；不值得后世纪念的，它都令人忘却，伟大的，它都使它们永垂不朽。"

延伸 YANSHEN

时间就是生命

伏尔泰的谜语是值得人们深思的。时间对于从事不同工作的人赋予了不同的意义。比如，对做生意的人来说，时间就是金钱；对于做学问的人来说，时间就是成果；对于做官的人来说，时间就是政绩；等等。但时间对于所有人来说，有一样意义是相同的，时间就是生命。生命，实际上就是一个人不断支出时间的过程，并且从出生的那一刻起，生命历程就进入了倒计时。特别是，我们每个人拥有的这段时间是何等来之不易啊，近130亿年前产生宇宙，近46亿年前产生地球，近三四百万年前产生人类，而后数千万乃至数亿精子经过激烈竞争与卵子结合，才有了幸运的你。因此，我们每个人都应该珍惜所拥有的有限时间，过好每一年，用好每一天。

印度狼孩

1920年,在印度加尔各答东北一个名叫米德纳波尔的小城,人们在森林中看到两个像人的怪物,尾随在几只狼的后面觅食和活动。后来人们打死了狼,在狼窝中惊奇地发现这两个怪物,竟然是两个裸体女孩,大的七八岁,小的不过两三岁。这两个女孩被送到当地孤儿院,由传教士辛格夫妇抚养。辛格夫妇将她们称为狼孩,分别取了名字,大的叫卡玛拉,小的叫

印度狼孩

阿玛拉。不幸的是，阿玛拉第二年夭折，卡玛拉也于9年后的1929年死亡。辛格夫妇根据抚养狼孩的经历，写出了《狼孩与野人》一书，于1947年出版和1966年再版，曾经轰动一时。

辛格在书中记述了狼孩刚被收养时的情况，不会直立而是用四肢行走，不吃素食只吃肉，不会说话只会引颈长嚎。辛格花了很大气力都无法使她们很快适应人的生活，卡玛拉直到两年后才学会直立，7年后才学会45个词，勉强可以说几句话，9年后死亡时已是十六七岁了，其智力水平仅相当于正常三四岁孩子的智力水平。

延伸 YANSHEN

人是社会的人

马克思指出，人的本质是社会关系的总和。这就是说，人是社会的人，社会性是人的本质属性。印度狼孩尽管是人的后代，但脱离了社会，因此有腿不会像人一样直立行走，有嘴不会像人一样说话，有脑不会像人一样思维。所以，要活得有意义、有价值，就要融入社会，正如商品的价值是在市场流通中实现的，人的价值则是在社会交往中实现的。

安踏的生存和发展哲学

1991年，福建晋江年仅21岁的丁世忠和父亲、哥哥一起，创办了安踏鞋业有限责任公司。经过近30年的发展，安踏已经从最初的制鞋作坊，发展为集设计、制造、销售运动鞋、运动衣及配饰于一体的中国最大综合体育用品公司，2015年成为国内首家营业收入过百亿的运动品企业，2017年成为国内首家运动品牌千亿市值企业，并且是全球第三大运动品牌。

安踏 logo

安踏的成功之道是什么呢？有人说是"不做中国的耐克、要做世界的安踏"的企业梦想，有人说是"安心创业、踏实做人"的企业精神，等等。无疑这些都是十分重要的，但有没有更重要的呢？丁世忠的回答是肯定的。他说："父亲教会了我怎样做人。我至今印象都非常深刻的是，他很早就告诉我，你做每件事情，都要让别人占51%的好处，自己永远只要49%。"丁世忠坦言，最初不太理解父亲的话，这不是明摆着吃亏吗？

哪有这样做生意的？后来他慢慢理解了，这样做赢得了客户的长期合作，对企业自身发展是很有好处的。可以说，这是安踏的生存和发展哲学。

合作互利共赢

人是以群体方式生存和发展的。这决定了人与人之间不仅要交往还要合作，而要使合作得以进行，必须使各方面都得到好处，这就是合作互利共赢。这是安踏生存和发展哲学的本质，也是人类生存和发展的最高原则。

幸运的威斯纳

1972年1月26日，一架载有28名乘客和机组人员的南斯拉夫客机，在1万米高空飞行时，在捷克斯洛伐克上空爆炸，27人遇难，只有一人逃生。

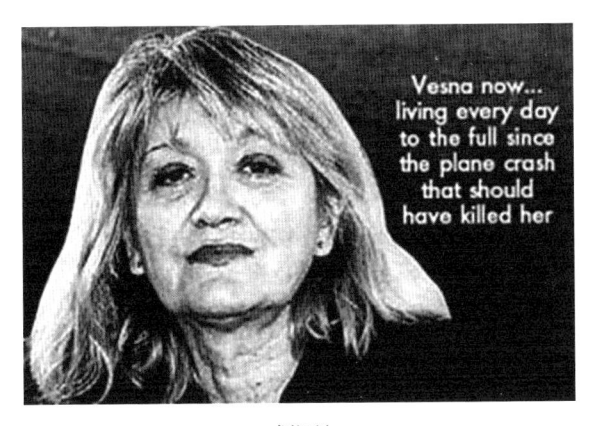

威斯纳

这名幸存者叫威斯纳·乌罗威克，是一名女性空乘人员。飞机爆炸坠落时，她幸运地被餐车卡在机尾舱，免于被吸出舱外和高速气流的伤害；然后幸运地落在覆盖着厚厚积雪的山丘上，不至于被当场摔死；再后来更是幸运地被当地民众发现并给予初步救治，为坚持到救援人员赶来赢得了宝贵时间。威斯纳在未系降落伞的情况下，从1万米高空自由落体并生还，创造了迄今无人打破的高空坠落距离最长生还的世界纪录，载入《吉尼斯世界纪录》，并被前南斯拉夫视为国家女英雄。

不可将人生建立在等待好运降临上

人的一生是由多种因素决定的，其中就包括运气。运气既有好运，也有坏运。人们渴望好运，但毕竟是极小概率事件，切不可将人生建立在等待好运降临上。人们惧怕坏运，但这并不能阻止它不请自来，只有坦然接受、勇敢面对。

过早谢幕的完美人生

这是发生在 20 世纪 90 年代台湾地区的一件事。有个医生自己是成功人士，也希望独子像自己一样有个完满人生。他每晚和儿子单独散步，常说的话是，你的完美人生，我已经给你画好了蓝图：进最好的学校，然后进最好的医学院，再后到国外读书，回来以后当第一流的医生！儿子没有辜负父亲，从小学到中学学习成绩从没有跌出过前三名，高中毕业后顺利考入台湾地区最好的医学院。

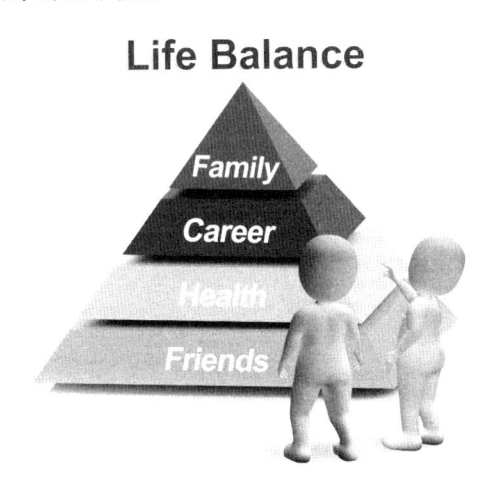

平衡的人生

可是儿子在大学期间遇到了服兵役的难题，这位医生四处托关系希望儿子免除服兵役都无功而返，但还是不忘叮嘱儿子，在军营里下了操一定要找个墙角苦背英文单词。然而就在一年兵役期将满的时候，军营传来了噩耗，儿子不幸身亡。调查结果是，追求完美的儿子只因一次与他人发生小小的口角而无法忍受，竟举枪自杀。医生无法接受这样的残酷现实，也在家中纵火自焚了。父亲和儿子追求的完满人生，竟双双以这样的方式提前谢幕。

不完满才是人生

追求完满的人生本无可厚非。但正如自然界有个能量守恒定律，社会中也有个得失伴生定律，有得便有失，只得不失是没有的，即使那些有权人、有钱人、有名人，哪一个没有生活的烦恼，哪一个没有事业的挫折，哪一个没有人生的遗憾。这意味着，有圆缺才是月亮，不完满才是人生。

安南的难忘一课

出生于非洲加纳的科菲·安南，于1997年至2006年担任联合国第七任秘书长。这是一个多事的世纪之交，发生了美国"9·11"恐怖袭击事件、伊拉克战争等，但他总能够从恐怖和战争的阴霾中看到和平的曙光，并为之不懈奋斗，因此获得了2001年度的诺贝尔和平奖。

科菲·安南

1997年5月8日，安南在北京钓鱼台国宾馆接受中央电视台记者专访，谈了他在加纳中学时代的难忘一课，正是这一课影响了他的职业生涯，甚至影响了他的一生。他说，有一天老师在黑板上挂了一张白纸，白纸的右下方有一个明显的黑点，然后问："同学们，你们看到了什么？""一个黑点。"整个教室的同学几乎都做了这样的回答。"不能这样，孩子们，你们不能这样，这首先是一张白纸。"老师说这话的时候，所流露出的沉重而焦灼的神情，令安南一生难忘。

常看一二、常想一二

安南的老师关于一张白纸与一个黑点的难忘一课中所触及的问题是十分重要的，就是面对纷繁复杂的人生世界，我们的目光应该集中在哪里？所揭示的道理是十分深刻的，就是人生不如意之事十之八九，但这只是"一个黑点"，如意之事不过一二，却是"一纸光明"。因此，要常看一二、常想一二，这样才能保持乐观的情绪、健康的心态，增添克服困难的勇气和毅力。

最幸福国家瓦努阿图

太平洋岛国瓦努阿图是地球上一个很不起眼的小国，经济不是很发达，百姓也不是很富足，2016年国内生产总值7.74亿美元，人均国内生产总值2 861美元，曾是世界上最不发达国家之一。但2006年以来，瓦努阿图先后三次被一些国际组织和国家机构评为全球最幸福国家之一，其中2010年被英国新经济基金评为全球最幸福国家第一名。

瓦努阿图居民

一个不发达国家何以成为最幸福国家？2010年8月，中国记者刘洁秋带着同许多人一样的疑惑，利用到瓦努阿图报道第41届太平洋岛国论坛领导人会议的机会，对这个幸福国家进行了近距离观察。生活在保持着世界最原始生态环境中的瓦努阿图人，过着一种简单的生活，所谓"穿衣一块布，吃饭一棵树，住宿有棚屋"，就是生动描述。这个国家不仅人与自然和谐相处，更主要的是人与人也能够和谐相处。一个典型事例是，公路两旁有许多无人看管的路边摊，买者按标价自行付费，如果人与人之间没有良好的信任关系是做不到的。该国总理纳塔佩在接受刘洁秋采访时做了进一步解释，他说："瓦努阿图民众物质欲望低，顺应大自然而生，非常重视家庭和睦和邻里互助。一个人遇到困难，会得到许多人的鼎力相助。这种生活状态难道不是幸福吗？"

幸福是一种积极的主观感受

幸福是人类孜孜以求的目标。但什么是幸福呢？最幸福国度瓦努阿图告诉我们，幸福是一种积极的主观感受。因此，幸福同有多大权力、有多少财富、有多高名望没有必然联系，在很大程度上取决于人的认识和态度，如同面对镜子时的你，你哭镜子里的人就哭，你笑镜子里的人就笑。幸福的钥匙握在自己的手里。

令人心碎的一家

在中国有这样一个男孩,他的作文在全国作文大赛中获奖,并被收入获奖作品集。不幸的是男孩的父亲患了癌症。一天中午放学后,男孩告诉班主任,他要去医院看望刚刚成功做完手术的父亲。男孩怀着即将见到父亲的喜悦骑车出了学校,刚准备过马路时,一辆卡车从一侧驶来,男孩赶快掉头往回骑。瞬间,惨剧发生了,男孩被从卡车内侧超车的另一辆卡车碾在车轮下,并在送往医院的途中停止了呼吸。

伤心的班主任不让别人将噩耗告诉男孩的父亲，也不敢直接告诉男孩的母亲，只是通知了男孩的亲戚。当亲戚婉转地将消息告诉男孩的母亲时，她根本无法接受这个现实。几天后，班主任拿着刊登有男孩作文的获奖作品集来到男孩父亲的病床前，为他读了儿子的作文，欣慰的泪水从父亲的眼角滴了下来。又过了几天，男孩的父亲去世了，可他不知道令他骄傲的儿子已在另一个世界等他了。又过了些日子，精神失常的男孩母亲被卡车撞死在男孩出车祸的地方，死时还紧紧抱着男孩的书包。

还有一组令人心碎的数字。我国每年因道路交通事故死亡的人数数以万计，其中2018年为6.3万人。据报道，全世界每年因道路交通事故死亡人数数以百万计，自有汽车以来全球死于车祸的人数已达数千万，相当于一次世界大战死亡的人数。

平安是一切幸福和快乐的基础

／／／

什么是幸福快乐？人们常这样说，知足常乐、助人为乐、自得其乐，吃亏是福、健康是福、平安是福。必须明白的是，这些之间不是半斤八两的并列关系，平安是一切幸福和快乐的基础，没有了平安，没有了生命，其他所谓幸福快乐都无从谈起。

不怕活

著名画家黄永玉在"文化大革命"期间,作为"反动学术权威"遭到残酷迫害。1967年7月9日是他的生日,可这个生日却是这样度过的。从外地来北京串联的造反派学生,在黄永玉所在单位中央美术学院看到许多批判他的大字报,于是将他揪出来批斗,并认为他不老实,便诉诸武力来"触及"他的灵魂。两个造反派学生用皮带抽他,他一动不动,只是在心里默默地计数,一下、两下、三下……一共224下,血水和衣服都粘在了一起。

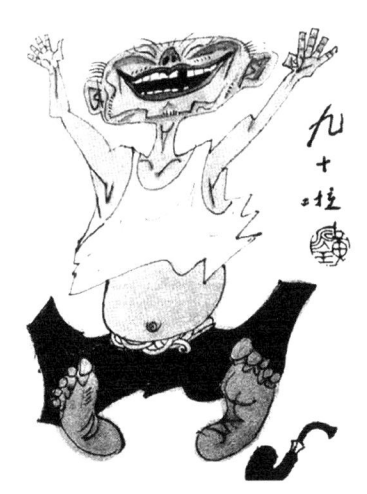

黄永玉自画像

黄永玉作为一个画家、一个文人、一个老师，受到如此肉体的折磨甚至精神的摧残，令他的女儿黄黑妮十分恐惧。她恳求黄永玉："爸爸，你别自杀，我没进过孤儿院，不知道怎么进。"最终，黄永玉挺了过来，他靠的是祖国春天一定到来的坚定信念，靠的是豁达乐观的积极心态，还靠他广为人知的"不怕活"的人生哲学。"不怕活"的要义是，死都不怕，还怕活吗？因此，那个时候活得很苦、很累、很烦、很难、很屈，他全然不怕。

延伸 YANSHEN

不幸是幸福的孪生兄弟

正如没有苦就显不出甜，没有不幸就感受不到幸福。可以说，不幸是幸福的孪生兄弟，始终伴随在我们追求幸福的途中。不幸是一所没人报考的大学，但它年年招生，能毕业的都是强者。

泰坦尼克号的"幸存者"细野正文

1912年4月15日,英国泰坦尼克号客轮在它的首航途中撞上冰山,船长决定将有限的求生机会留给船上的妇女和儿童。在这危难时刻,包括来自美国丹佛的伊文斯夫人都主动把救生艇座位让给一位带着孩子的母亲。而与之形成鲜明对比的是,来自日本的男乘客、运输大臣细野正文,却想方设法跳进了载满妇女和儿童的救生艇,捡回了一条命。

九死一生的细野正文不仅没有得到同情,反而遭到世界各大媒体的谴责,日本政府也解除了他的运输大臣职务,取消了象征男人地位的武士身份,并把他作为反面典型收入了日本的教科书。1939年细野正文在耻辱中死去后,日本的一位记者发表了如下盖棺定论的评论:"有的人活着他已经死了,有的人死了他还活着。死者如不埋在人们心中,那就是真正死掉了。在泰坦尼

细野正文

克号巨轮上将求生机会留给妇女和儿童的那些男人,将永远活在人们心中;而细野正文,则在人们心目中早已死掉了。他耻辱地多活了些年,还不如当时勇敢地死去。"

延伸 YANSHEN

这样的生,生不如死

人的生命是宝贵的,求生是人的本能。但当求生的机会有限,是舍己为人,还是舍人为己,不是一道简单的选择题,而是考验人性的判断题。以牺牲别人生命为代价,换取自己的生,这样苟且的生是不道德的,这样的生,生不如死。

成长与成才

约翰·戈达德的名言是:"我总是先让心灵到达那个地方,随后周身有一股神奇的力量。接下来,就只需沿着心灵的召唤前进。"梦想是人们前进的方向、目标和动力。人们成长成才的过程,往往就是追梦圆梦的过程。你的梦想有多大,决定你的成就有多大,决定你可能成为怎样的人。当然,要使梦想成为现实,你就得醒来。

"3岁看大"的说法靠谱吗?

中国有句老话"3岁看大",是说从一个人3岁时的样子,就可以看到他长大后的样子。这种说法靠谱吗?

英国精神病学研究所的卡斯比教授等人,1980年对1 000名3岁幼童进行了面试,然后根据面试结果,将这些幼童分为充满自信、良好适应、沉默寡言、自我约束和坐立不安五种类型。2003年,卡斯比教授等人对已经是26岁的这1 000名青年,再次进行了跟踪面谈,并且对他们的亲戚朋友进行了访谈,得出了这样一个结论:3岁幼童的性格同长大后的性格基本相同。比如,当年被认为"充满自信"的幼童占28%,小时候十分活泼,属于外向型性格,长大后也十分开朗,依然是外向型

性格。卡斯比教授等人的研究成果发表后，在英国引起了很大轰动，使人们了解到从3岁幼童的言行就可以基本预知其成年后的性格，从而也从人的性格这样一个重要侧面，证明了中国"3岁看大"的说法是有一定科学道理的。

延伸 YANSHEN

优秀是一种习惯

／／／

基础不牢，地动山摇。儿童时期是一个人成长过程中身心发育的关键时期，甚至将奠定影响一生的基础。古希腊哲学家亚里士多德有一句名言：优秀是一种习惯。很多习惯是从儿童时期养成的，并且有好习惯与坏习惯之分，而好习惯是一生用不完的利息，坏习惯是一生还不完的债务。如果说，许多父母"不让孩子输在人生起跑线上"的主张有一定道理的话，那么重点就应放在培养孩子的良好习惯上，而非仅仅关注对知识的学习。

从乞丐到厂长

1959年，赖东进出生于台湾地区的一个乞丐家庭，父亲双目失明，母亲重度智障，12个孩子中只有赖东进和姐姐是健康人，其余10个孩子都是残疾人。全家14口人，姐姐留在家中照顾母亲和10个孩子，赖东进跟着父亲沿街乞讨，以养活一家人。赖东进一家居无定所，经常以坟地为家；三餐不继，唯一改善伙食的机会就是替出殡人家打幡，得以吃客人吃剩的饭菜；买不起衣服，只好穿死人的衣服。

赖东进自传——《乞丐囝仔》

不幸的赖东进，8岁那年迎来改变命运的机会。有一次跟父亲乞讨时，一位老伯得知他还没上学，便给他父亲10元钱，并劝说道："我看你的儿子长这么大了，应该要让他去学校读书才好，读书以后才有出人头地的一天。"赖东进在好心人资助下，终于走进了学校。因为深知机会来之不易，他学习异常刻苦，白天用心听课，晚上跟父亲乞讨时借着路灯写作业，并在第一次月考时就取得了每科都是满分的成绩，位列全班第一名。这以后，他从小学到中学再到高中，获得了许许多多的第一名。高中毕业后因要负担家庭生活而放弃继续求学，参加了工作，并同样表现出色，担任了中美防火公司厂长等职。

延伸 YANSHEN

知识就是力量，知识改变命运

赖东进从乞丐到厂长的经历，再一次诠释了一个真理，知识就是力量，知识改变命运。目前，人类已经进入知识经济时代，掌握知识比以往任何时代都更加重要，可以说知识已经成为生存和发展的基础。形形色色的读书无用论，可以休矣！

印度洋海啸中的救命恩人

2004年12月26日,印度洋发生9.3级强烈地震,并引发了波及6个时区的巨大海啸,造成近30万人死亡。但是,同样遭受印度洋海啸袭击的泰国普吉岛西海岸迈考海滩的上百名游客,却无一死亡,而他们的救命恩人竟是一名只有10岁的英国女孩蒂莉·史密斯。

蒂莉·史密斯

蒂莉是跟着妈妈来这里度假的。印度洋海啸发生前,正在海滩玩耍的蒂莉,突然发现了一个奇怪的现象,海面上出现了不少气泡,潮水也突然退去。她猛然想起老师在课堂上教过的有关海啸知识,一旦出现这种情况,说明海啸即将发生。于是,她当即把自己的发现告诉了母亲,母亲马上告诉了迈考海滩饭店的工作人员,火速让海滩上的 100 多名游客撤离到安全地带,从而免遭了几分钟后而来的巨大海啸的袭击。

延伸 YANSHEN

应当把生命教育摆在突出位置

人最宝贵的是生命,没有了生命,学习、工作也好,婚姻、家庭也罢,都无从谈起。因此,无论是家庭教育,还是学校教育,都应当把生命教育摆在突出位置,帮助孩子在珍惜生命的同时,知道怎样保护生命。

姆潘巴的物理问题

1963年,坦桑尼亚马干巴中学三年级学生姆潘巴在学校做冷饮时,看到做冷饮的同学多,冰箱冷冻室内放冰格的空位所剩无几,于是把牛奶煮沸,加上糖,等不及冷却,就倒入冰格,放进冰箱的冷冻室里。过了一个半小时后,姆潘巴发现他的热牛奶已经结冰,而其他同学的冷牛奶还没有结冰,这个现象使他充满好奇和疑惑不解。

姆潘巴(左)与奥斯伯恩(右)

他去请教物理老师，为什么热牛奶比冷牛奶先结冰？老师的回答是："你一定弄错了，这样的事是不可能发生的。"对于物理老师的权威性回答，姆潘巴并不认可，因而在升入姆克瓦高中后，又向高中物理老师提出了这个问题。这位老师的回答同初中物理老师的回答是一样的，并用嘲讽的口吻说这是"姆潘巴的物理"。这反而激发了姆潘巴更大的质疑勇气。所以，当达累斯萨拉姆大学物理系主任奥斯伯恩博士访问该校时，姆潘巴再次提出了这个问题。奥斯伯恩回答不知道，但答应回去亲自做试验，结果证实姆潘巴说的现象是存在的。奥斯伯恩邀请姆潘巴对这个现象进行研究，研究报告发表在1969年英国的《物理老师》刊物上，由此引起了物理学者广泛关注和持续研究。

延伸 YANSHEN

真理往往是在充满好奇和敢于质疑的提问中，揭开神秘面纱的
/ / /

半个多世纪以来，尽管围绕着姆潘巴现象的试验及理论阐释存在着各种看法，但在鼓励人们，特别是青少年保持好奇心和质疑精神这个问题上的看法却是高度一致的。这是因为，举凡优秀人才都有这样的特征，就是既有良好的品德，又有精深的学问。而所谓"学问"，就是学会问。不仅如此，还要敢于问。问，不是表明无知，而是表明求知。真理往往是在充满好奇和敢于质疑的提问中，揭开神秘面纱的。

127 个梦想

1940年的一个午后,15岁的美国少年约翰·戈达德在家里听到奶奶和婶婶聊天,谈及后悔年轻时没有做的事情。说者无心,听者有意。约翰·戈达德不想重复奶奶的遗憾,便在一张纸上写下了"我的梦想目录",把自己一生想学的东西、想做的事情、想去的地方一一列出来,数了数一共有127个。

从这天开始,约翰·戈达德每天都带着自己的梦想目录,

约翰·戈达德

一有时间就拿出来看看，每实现一个梦想，就会在梦想目录的相应条目中涂上颜色，感受实现梦想带来的快乐。在实现梦想的过程中，他经受了常人难以想象的各种困难，甚至多次面临生命危险，包括在超过140度高温的沙漠中幸存，在鳄鱼、毒蛇攻击中逃生，在激流和深海潜水时差点溺亡，等等。到2013年去世，他一共实现了110多个梦想，并创造了多项世界纪录，比如，他是探索尼罗河和刚果河全长的第一人。

延伸 YANSHEN

要使梦想成为现实，你就得醒来

约翰·戈达德的名言是："我总是先让心灵到达那个地方，随后周身有一股神奇的力量。接下来，就只需沿着心灵的召唤前进。"梦想是人们前进的方向、目标和动力。人们成长成才的过程，往往就是追梦圆梦的过程。你的梦想有多大，决定你的成就有多大，决定你可能成为怎样的人。当然，要使梦想成为现实，你就得醒来。

陶行知名字的由来

名字不仅是一个人的符号,而且寄寓着父母的希望,体现着一个人的情趣爱好、价值观念、理想志向等。中国著名教育家陶行知名字的由来,就体现了他思想观念的变化。

陶行知

1891年1月18日出生后,父母给陶行知取的名字叫陶文濬,大概是希望他能够成为饱学之才吧。家境清贫的陶文濬没有辜负父母的希望,幼年在蒙童馆读书时就显露出不凡才华,青年时期以优异成绩考入南京大学文学系。在大学时代,他接触并信奉明代哲学家王阳明的"知行合一"学说,于是在19岁时将自己的名字改为陶知行。陶知行后来经过多年的实践和思考，对王阳明的"知行合一"学说有了新的理解，认为王阳明"知是行之始，行是知之成"的观点不对，应该是"行是知之始，知是行之成"。据此，在43岁时再次改名"知行"为"行知"，并以此名闻名于世。

延伸 YANSHEN

成长成才＝知道＋做到

在成长成才的道路上，获取真知固然重要，但切实践行更为重要。很多人的教训，不是不知道，而是做不到。因此，成长成才＝知道＋做到。

超出学生解题能力的考题

英国顶级私立女子中学——牛津中学,创办于 1875 年,最早的学生居然是获得高等学校学历的学生。目前,这所学校的毕业生都能升读大学,并且有近 1/3 的学生考入牛津大学和剑桥大学,因此这所学校的学生被视为"完美小姐"。

牛津中学

牛津中学考虑到绝大多数学生都很优秀,担心因自身完美而产生的优越感会使她们今后经不起挫折,所以十分重视在学生中开展挫折教育。具体做法之一，就是推出一套极富挑战性的数学考试题。这套数学试题的特点是，远远超过中学生的解题能力，不要说不可能拿满分，就是及格也实属不易。校方表示，希望通过这种挫折教育，让这些"完美小姐"了解失败是完全可以接受的，以便将来升入大学和走向社会后，能够坦然应对挫折和失败。

人要具备承受打击的能力

人的成长经历如同一场拳击比赛，既取决于进攻的能力，更取决于承受打击的能力。只有具备了后者，挫折才能成为存折，失败才能成为成功之母。

姚明的成绩单

出生于 1980 年、身高 2.26 米的姚明,是中国著名职业篮球运动员。2002 年,姚明在美国职业篮球联赛(NBA)选秀中,以状元身份被休斯敦火箭队选中,司职中锋。2003—2009 年,连续 6 个赛季入选 NBA 全明星阵容。2011 年,正式宣布退役。

姚明在火箭队的球衣

姚明在美国 NBA 篮球职业生涯中的成绩单如下：总共出手 6 408 次，进球 3 362 个，失手、失误 4 350 次，其中失手 3 046 次，失误 1 304 次。姚明在一次演讲时说：我犯的这些错误，也构成了我职业生涯的一大部分，如果没有这 4 000 多次失误，我也成不了今天的我。

延伸 YANSHEN

成功往往是在过错中孕育的

所谓"过错"，过了就错了。但始终做得恰到好处，谈何容易。正是从这个意义上说，在人的一生中，特别是青年时期，出现过错几乎是不可避免的。而成功往往是在过错中孕育的。所以，要给人试错、犯错、改错的空间和时间。如果犯错成本太高，犯一次错误就失去改正机会，甚至影响前途，那么则不利于人才的培养。孔子说："过而不改，是谓过矣。"有过而不改正，这才真叫错了。

世界一流大学青睐什么样的学生

2007年春季，美国大学陆续发放录取通知书的时候，不满18岁的美国华裔高中学生吴生伟不仅收到了哈佛大学的录取通知书，还收到了来自普林斯顿大学、耶鲁大学、加州大学等名校的录取通知书。更值得称道的是，他还获得了玻克奖学金，不管最后选择哪所大学，他都将获得从大学到博士毕业的全部费用，不下50万美元。

吴生伟（左）与乔治·W. 布什

世界一流大学为什么青睐吴生伟这样的学生呢？吴生伟不仅学习成绩优秀，而且是社会活动的积极参与者和组织者。他在15岁时创办了科学俱乐部，后又创办了学生科学博览会，由高中生与小学生配对，自己决定感兴趣的项目，并在科学博览会上展示成绩。为此，他获得了时任美国总统乔治·W. 布什颁发的美国最高的社区服务奖"总统义工服务奖"。中国著名教育家、曾任英国诺丁汉大学校长的杨福家分析说，吴生伟这样的学生在参与社会活动中展现了两种优秀品质，那就是创造性和集体性，而这正是世界一流大学所看重的。

创造性和集体性是优秀人才的核心素质
/ / /

人类进步事业是创造性事业，又是必须团结协作才能推进的集体性事业。这决定了创造性和集体性是优秀人才的核心素质，也是人才培养的努力方向。

寒门之女

2018年夏天,正在外地打工的河北省枣强县新村女孩王欣怡,收到了北京大学的录取通知书,她彻夜难眠,全家奔走相告,社会上许多媒体也以"寒门女孩707分考上北大"为题进行了报道。

王欣怡

王欣怡家境贫寒,妈妈体弱多病,还要照顾生活不能自理的姥姥。家中有两个弟弟,大弟弟即将升入高三,小弟弟还没上学。一家六口全靠家中的五亩地和父亲外出打工补贴家用。她在学校每月的生活费是一般学生的一半,鸡蛋是成绩提高后作为奖励的奖品。但生活的艰辛反而成为她发愤图强的动力,上学以来学习成绩一直在班里名列前茅,中考时以全县第一的成绩考入枣强中学,高中三年始终名列年级前三位,并获得了"全国中学生基础知识与创新能力"省级一等奖等多个奖项。王欣怡在一篇题为《感谢贫穷》的作文中写道:"感谢贫穷,你赋予我生生不息的希望与永不低头的力量。"

父母的地位决定孩子的人生起点,但不会决定终点

/ / /

在多数情况下,父母的地位决定孩子的人生起点,但不会决定终点。原因在于,这个起点可能成为影响孩子人生的拐点,富家子女人生起点高,但有可能不思进取、一事无成;贫家子女人生起点低,但有可能促其奋发成才、有所作为,正如农民撒下种子后踩上一脚,反而比松软更有利于种子茁壮成长一样。

健身与修身

心里什么都不装时叫心灵,装一点时叫心眼,装得多时叫心计,装得过多时叫心事,装不下时就叫心病。无际大师的心药方虽有一些糟粕,但对人们治疗心病仍有启发。人是社会中的人,心病大多是社会关系中的病。心病还需心药治。这心药的核心是,在处理与自己的关系时,要对得起良心;在处理与他人的关系时,要具有爱心;在处理与众人的关系时,要出以公心。

王均瑶临终前说了什么

出生于浙江温州的王均瑶,是改革开放后成长起来的、在全国有影响力的民营企业家,创造了多项全国第一,如1991年开辟温州至长沙首条私人包机航线,1992年成立首家民营包机公司,2002年成为首家投资国家民航主业的民营企业等,到2004年拥有资产已达35亿元人民币,并且于2003年担任了第十届全国政协委员等社会职务,荣获第十一届上海市十大杰出青年等称号。

王均瑶

2004年11月7日,王均瑶因积劳成疾,英年早逝,年仅38岁。临终前,他对自己曾经津津乐道且忠实奉行的"睁开眼上班,闭上眼下班"的拼命哲学进行了反思。"此刻,在病魔面前,我频繁地回忆起我自己的一生,发现曾经让我感到无限得意的所拥有的社会荣誉和财富,在即将到来的死亡面前变得黯淡无光。""可以有人替你开车,替你赚钱,没人替你生病!东西丢了可以找回来,但有一件东西丢了就永远找不回来,那就是生命。"

延伸 YANSHEN

身体是一切的本钱

///

身体是革命的本钱。其实,身体是一切的本钱。没有好的身体,许多事情想做做不了;而没有了生命,想做什么已不可能。许多人的惨痛教训告诫我们:腾不出时间休息的人,迟早会腾出时间治病;腾不出时间治病的人,迟早会腾出时间安息。

出乎意料的回答

扁鹊原名秦缓,春秋战国时期名医。扁鹊精于内、外、妇、儿、五官等科,善于用望、闻、问、切诊断疾病,并广泛应用砭刺、针灸、按摩、汤液、热熨等法治疗疾病,故当时人们便以上古神话中黄帝时代神医"扁鹊"的名号称呼他。

扁鹊像

有一年,魏文王问扁鹊:"你们家兄弟三人,都精于医术,到底哪一位最好呢?"扁鹊的回答出人意料:"长兄最好,二兄次之,我最差。"魏文王大惑不解,又问:"那为什么你最出名呢?"扁鹊解释说:"我长兄治病,是治病于发作之前。一般人不知道他事先能铲除病因,所以他的名气无法传出去,只有我们家里的人才知道。我二兄治病,是治病于初起之时。一般人以为他只能治轻微的小病,所以他的名气只限于本乡里。而我治病,是治病于严重之时。一般人看到我在经脉上穿针管放血、在皮肤上敷药等大手术,所以都以为我医术高明,因而名气响遍全国。"

保健的关键在于将关口前移

扁鹊不仅回答了谁的医术最高明,更回答了保健的关键在哪里,即要将关口前移,将目光由药房移至厨房,将治病移至防病,将治大病移至治小病。

加德纳的实验

美国著名心理学家霍华德·加德纳 1987 年公布了这样一个实验结果,在社会上引起了广泛关注。

霍华德·加德纳

他让一名死刑犯躺在一张床上,并告诉他将被执行死刑,然后用手术刀的刀背在他的手腕上划一下,接着把事先准备好的水龙头打开,让它向床下一个容器里滴水,伴随着由快到慢的滴水节奏,结果那个死刑犯竟被吓得昏死了过去。

精神是生命的支柱

／／／

这个实验告诉人们，人是由躯体与精神两部分构成的，具有强健的身体素质，又有良好的精神状态，才是真正的健康。而精神残疾最可怕，因为没有假肢可接。特别是，精神是生命的支柱，精神垮了，人就垮了。

无际大师的心药方

唐代著名高僧无际大师，俗姓陈，法名希迁，时人尊称石头和尚，于南岳南台寺圆寂后，唐德宗赐谥号无际大师。无际大师曾开出一副心药方，流传了千余年，至今仍悬挂在南台寺禅堂、书写于普陀山法雨寺等多处寺庙，引人注目、发人深省。

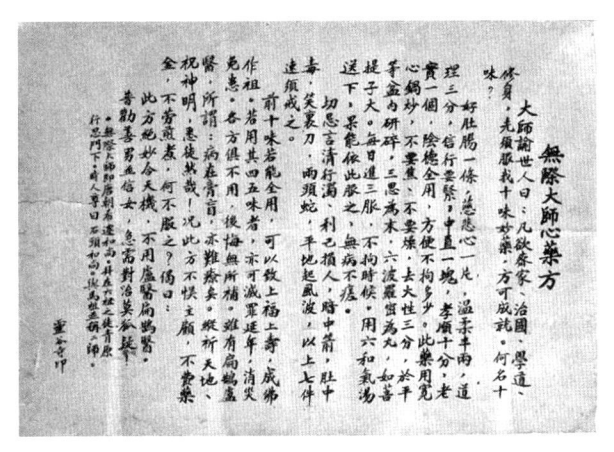

无际大师心药方

无际大师的心药方开出的十味药是："慈悲心一片，好肚肠一条，温柔半两，道理三分，信行要紧，中直一块，孝顺十分，老实一个，阴骘全用，方便不拘多少。"服用方法是："此药用宽心锅内炒，不要焦，不要燥，去火性三分，于平等盆内研碎。

三思为末，六波罗蜜为丸，如菩提子大。每日进三服，不拘时候，用和气汤送下。"禁忌事项："言清行浊，利己损人，暗中箭，肚中毒，笑里刀，两头蛇，平地起风波。以上七件，速须戒之。"

延伸 YANSHEN

心病还需心药治

///

心里什么都不装时叫心灵，装一点时叫心眼，装得多时叫心计，装得过多时叫心事，装不下时就叫心病。无际大师的心药方虽有一些糟粕，但对人们治疗心病仍有启发。人是社会中的人，心病大多是社会关系中的病。心病还需心药治。这心药的核心是，在处理与自己的关系时，要对得起良心；在处理与他人的关系时，要具有爱心；在处理与众人的关系时，要出以公心。

安全帽上的遗书

2003年4月16日下午,湖南省娄底市七一煤矿发生透水事故,17名正在井下作业的矿工被困井底。经过6天6夜的持续抢救,当22日抢险队找到他们时,这17名矿工都已经停止了呼吸。

聂文清写满遗嘱的安全帽

在遇难矿工聂文清的遗体旁,人们发现了一顶安全帽,帽子矿灯上方赫然写着"聂文清遗书"五个粉笔字,具体内容写在了帽子里侧和外侧,一共密密麻麻写了93个字,既有对骨肉亲情不舍的倾诉,又有对后事的交代,还有对妻子的嘱托,更让人动容的是临死不忘还钱的账单,包括"欠我娘 200 元,欠邓曙华 100 元"。

延伸

信用是一个人的第二身份,也是一个人的第二生命

信用作为约束人们行为的道德准则,是社会正常运行的基础,是人们正常交往的基石,也是一个人安身立命的基点。正是在这种意义上说,信用是一个人的第二身份,也是一个人的第二生命,必须倍加珍惜和爱护。如果说有什么别有病,那没什么不是别没钱,而是别失信,因为一旦失信,不仅借不到钱,也很难赚到钱。

绞刑架下的震撼

2014年4月15日，26岁的伊朗青年巴拉勒被押赴刑场执行公开绞刑。7年前，巴拉勒持刀刺死了年仅18岁的阿卜杜拉·侯赛因-扎德。执法人员让巴拉勒站到一把椅子上，然后将绞索套在他的脖子上，剩下要做的就是由受害者父母踢去脚下的椅子，从而对其实施绞刑。然而，就在实施绞刑的最后时刻，受害者的母亲萨梅勒·阿里内-贾德做出了一个让许多人震撼的

即将被执行绞刑的巴拉勒得到赦免

举动，突然站到另一把椅子上，狠狠扇了巴拉勒一记耳光。接着，她又做出了另一个让人更为震撼的举动，没有去踢巴拉勒脚下的椅子，却在丈夫的协助下解下了他脖子上的绞索！这意味着巴拉勒被赦免了。按照伊朗教法规定，受害者及其亲属有权这样做。

本来悲痛欲绝、瘫倒在地上的巴拉勒的母亲，冲向受害者的母亲，跪在地上亲吻她的脚面。受害者的母亲将巴拉勒的母亲扶起来，两人相拥而泣、泪流满面。受害者母亲的举动感动了在场的所有人，他们用掌声和欢呼声向这位伟大的母亲致敬。受害者的母亲在解释自己震撼人心的举动时说，"因为我遭遇了丧子之痛，所以不想再让另一位母亲承担痛苦"。她还说，"现在，我已经赦免他，我解脱了"。

宽恕别人，就是解放自己

///

宽恕是一种胸怀，是一种智慧，更是一种美德。须知，以眼还眼，增添的是更多的仇恨；以牙还牙，得到的是更多的伤痛；以血还血，流淌的无非是更多的血。同时，宽恕别人，就是解放自己，才能真正从怨恨、愤恨、仇恨中走出来。

书稿被烧以后

苏格兰著名历史学家托马斯·卡莱尔与英国哲学家、经济学家约翰·穆勒是好友。1835年,卡莱尔的第一部书稿《法国革命》完成后,他立刻送给第一位读者穆勒,听取他的意见和建议。过了一段时间,卡莱尔等来的不是穆勒的意见和建议,而是一个五雷轰顶的坏消息——书稿没了。原来,穆勒看完书稿后,又将其交给女友哈迪看,而哈迪的女佣在生火的时候,将这部书稿当成废纸引火用了。

卡莱尔对《法国革命》这部书稿倾注了全部心血,因而失去书稿就像失去孩子一样痛苦不堪。熟悉卡莱尔的人都知道,他性格暴躁,极易发怒。但此时此刻,当他看到好友穆勒自责、愧疚、痛悔的神情时,他不仅没有发作,反而强装笑脸宽慰他,劝导他,让人感觉好像是自己做错了事。这使穆勒大为感动,心情逐渐平复下来。经历这次书稿烧毁事件后,

托马斯·卡莱尔

卡莱尔与穆勒的友谊并没有受到影响，反而更加深厚了。这以后，卡莱尔以顽强的毅力投入重新写作之中，并于1837年正式出版了该书。穆勒热情地著文介绍卡莱尔这部新著，并给予高度评价。

交朋友的前提是自己够朋友

老话说，交友满天下，知己有几人。这说明，交到真正的知心朋友是很不容易的。交朋友的前提是自己够朋友。所谓够朋友，就是遇事能从对方角度考虑，该帮助的帮助，该谅解的谅解，该规劝的规劝。绝不能只考虑自己合适，把朋友当作实现自己目的的工具，这样的朋友关系是很难持久的。

赢得美国总统尊重的中国女孩

1984年4月29日，美国总统罗纳德·威尔逊·里根访问西安。他的夫人南希在一个小姑娘的摊位上买了几件小礼物，价值5元人民币。里根给了小姑娘一张10元面额的人民币，可小姑娘一时没有零钱找。见状，里根赶紧说："留下这钱吧。"但当他们刚刚往前走了一会儿，小姑娘竟追了上来，把该找的5元钱交给了里根。

罗纳德·威尔逊·里根

1991年，里根在自己的自传里专门记载了这件事，写道："这时，我倒成了窘迫的人。我意识到，为了试图给小姑娘解围，我看来是在给她小费，我的反应不够快，失礼了。"

唯有自尊，才能赢得他尊

人们都渴望获得别人的尊重。身份再尊贵的人，也要懂得尊重别人；地位再卑微的人，也要懂得尊重自己。唯有自尊，才能赢得他尊。

从"凿壁偷光"到"专地盗土"

西汉时期有个穷人家的孩子叫匡衡,自幼酷爱读书,但苦于家中没有蜡烛照亮。邻居家有蜡烛,可烛光照不到他家。于是,匡衡就把墙壁凿了个洞,引来邻居家的光照在书上来读。这就是中国流传了2 000多年的经典励志故事"凿壁偷光"。

匡衡像

匡衡因刻苦读书成才,在汉元帝时当上了丞相,并被封为安乐侯,有封地3 100顷,过上了锦衣玉食的生活。可当时丈量土地的人出现差错，给匡衡多量了 400 顷，下属发现后向其报告，他却将错就错，将这 400 顷土地据为己有。汉成帝即位后，有人将这件事告发，遂将匡衡贬为庶民，爵号和封地也全部被剥夺。这就是不为人们熟悉的匡衡被贬的故事"专地盗土"。

戒贪是修身的永恒课题

偷光为的是读书，为人们所褒扬。盗土为的是享乐，为人们所不齿。其实，抛开动机不说，偷光与盗土在手法上都是错误的，在性质上都是一样的。古往今来，犯错乃至犯罪的人们比比皆是，但追根溯源，都是贪欲惹的祸，或贪权、或贪财、或贪名、或贪色、或贪生。所以，戒贪是修身的永恒课题，知足是戒贪的不二法门。

离座三确认

2018年6月19日，日本足球队在俄罗斯世界杯首场亮相，就以2∶1击败了南美劲旅哥伦比亚队。但让世人普遍关注的不是日本队赢球，而是比赛结束后，日本球迷主动捡拾看台上的垃圾并带走。就连哥伦比亚球迷也给日本球迷点赞："就是这种自律和秩序，让他们更出色！"

日本球迷赛后捡拾垃圾

实际上，日本人并不限于活动后捡拾垃圾，而是有一个普遍遵循的"离座三确认"，并已成为一种生活习惯。所谓"离座三确认",就是参加完集体活动,当要离开座位时,要确认三件事:一是确认有无遗忘随身物品,以免丢失后给别人增添麻烦;二是确认座位周围有无垃圾,如有便捡拾起来,以免影响环境卫生;三是确认所坐椅子是否归位,以免给别人带来不便。

延伸 YANSHEN

文明素质是大事,养成却体现在平常的小事中

文明素质是大事,但其养成却体现在平常的小事中。从小事做起,长期坚持,以至于成为习惯,文明素质必然会提高。

婚姻与家庭

父母对子女的爱是大爱,不仅无疆,而且无私。父母不要求子女报恩,但子女要懂得感恩。父母与子女之间的爱,不能只放在心里,还要表达出来、表现出来,回家看看就是爱的仪式。请常回家看看,父母在盼着你呢!

爱情的真谛

1970年，浙江余姚农民郑涨钱和刘桂英结婚，没几年郑涨钱便患了恶性淋巴癌，刘桂英在给丈夫准备后事时深受刺激而精神失常。郑涨钱不忍心自己死后给心爱的妻子带来种种苦难，被迫做出痛苦抉择，于1975年与妻子办理了离婚手续。

刘桂英（左）与郑涨钱（右）

然而在厄运中出现了奇迹，回娘家的刘桂英经过精心调养逐渐康复，并嫁给了憨厚的农民吴松桥，而郑涨钱经过长期治疗和锻炼也痊愈了，并依靠改革开放后党和国家的好政策，日子好了起来。当吴松桥发现妻子和前夫在内心深处仍旧为对方留有一块感情空间时，劝说妻子回到郑涨钱身边，刘桂英认为吴松桥在自己最无助的时候娶了自己，不愿那样做。1988年，身患重病肝腹水的吴松桥，再次恳请郑涨钱与刘桂英复婚，郑涨钱出于对吴松桥的关心谢绝了此事，并送给刘桂英1 500元钱，援助自己所爱而又面临困境的人。不久，吴松桥病逝，郑涨钱再次伸出援助之手，帮助她料理丧事，并用自己的爱为负债累累的刘桂英撑起一片绿荫。1992年，经过17年的磨难，两个有情人再成眷属。

为了所爱的人可以牺牲一切，或许就是爱情的真谛

爱情是婚姻的基石。爱情的本质是自私的，不能和他人分享，更不容许他人插足破坏；同时爱情又是无私的，为了所爱的人可以牺牲一切，包括权力、金钱、名誉等。这或许就是爱情的真谛。

闪婚与闪离的教训

2015年6月25日,我国著名田径运动员刘翔在自己的微博中公布了这样一条消息:"我与葛天2014年5月恋爱,同年9月结婚,婚后因性格不合,于今天结束这段婚姻,希望今后各自都有更美好的人生,祝愿彼此。"这50多个字的简短消息,宣布了刘翔289天婚姻的结束。人们将这种快速结婚又快速离婚的现象,借用大自然中的闪电做比喻,称为闪婚与闪离。

2018年全国离婚登记97.4万对

闪婚与闪离日益成为一种世界性现象,而且时间越来越短,有的几个月,有的几周,有的几天,有的几个小时,而科威特一对男女青年从结婚到离婚只有三分钟。结婚与离婚是法律所保障的公民的基本权利，闪婚与闪离本无可厚非。但结婚与离婚毕竟是人生大事，特别是离婚对当事人乃至当事人家庭都会产生很大消极影响，因而尽管是感情上的事，但还是要理性对待。

婚前多看缺点，婚后多看优点

造成闪婚与闪离的原因是复杂多样的，其中很重要的一条是双方了解不够，并且往往是婚前只看优点、少看甚至不看缺点，而婚后又只看缺点、少看甚至不看优点。恋爱是浪漫的，婚姻是现实的。所以，解决闪婚与闪离问题的一个重要方法是，婚前多看缺点，婚后多看优点。

跳楼救女

2005年5月18日傍晚,家住四楼的辽宁省新民市市民单丽新在家洗衣服,丈夫在打电话,母亲在做晚饭,只有两岁的女儿在紧邻窗户的床上睡觉。19点半左右,当母亲推开卧室房门时,惊讶地发现外孙女不见了。单丽新和丈夫听到母亲的叫喊声,急忙冲过来,看到窗户是开启的,顺着窗户向下看,女

单丽新所住的新民市华美小区

儿竟然跌落在了二楼的屋顶上。更让家人揪心的是，不懂事的女儿正边哭边爬向屋檐边缘。

怎么办？目睹正爬向死亡的女儿，单丽新发疯般地要从窗口跳下去。母亲拽住她说："闺女，你可千万不能跳啊！"单丽新哭着说："妈，我也要我闺女！"说完，纵身从 12 米多的高空跳了下去，一把拽住了离屋檐仅剩半米的女儿，把她紧紧搂在怀里。女儿得救了，这时单丽新才发现自己的右小拇指没了半截，原来是被三楼铁窗护栏割断了。

延伸 YANSHEN

母亲是强者

有人说女性是弱者，这话不一定对；但是说母亲是强者，这话千真万确。母亲为了孩子，可以不顾一切，可以放弃一切，可以牺牲一切，甚至包括自己的生命。母亲是伟大的，向伟大的母亲致敬！

药家鑫事件

2010年10月20日晚，21岁的西安音乐学院学生药家鑫驾车将26岁妇女张妙撞倒，因怕倒地呻吟的张妙以后找麻烦，遂从车内取出一把尖刀，对张妙连捅数刀，致其当场死亡。药家鑫在驾车逃逸过程中又将一对情侣撞伤。10月23日，药家鑫在父母陪同下，到公安机关投案。2011年5月20日，陕西省高级人民法院对药家鑫案二审维持一审死刑判决，并经最高人民法院核准，于同年6月7日依法执行死刑。

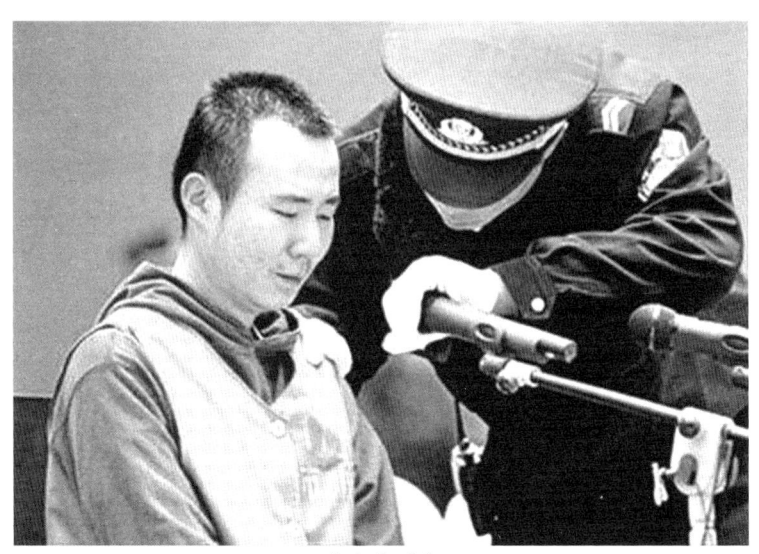

药家鑫受审

药家鑫案发生后,引发了社会的广泛关注和讨论,成为轰动一时的药家鑫事件。人们聚焦的问题是药家鑫为什么走上犯罪道路?药家鑫在庭审谈到杀人动机时说,农村人难缠,害怕他们没完没了纠缠着他的父母。因为父亲从小对他特别严厉,害怕父亲知道这件事后饶不了他。药家鑫死后,他父亲开了微博,进一步剖析了药家鑫走上犯罪道路的原因:"在药家鑫的事情上我负有不可推卸的责任。我平时管教孩子过于严厉,令孩子犯错后害怕面对,不懂处理,最终酿成大祸。"

父母好好学习,孩子才能天天向上

家庭是孩子的第一所学校,父母是孩子的第一任老师,但不少父母没有取得"教师资格证"就上岗了。教育孩子,不能只凭着作为父母的特权,随着性子来,跟着感觉走,还要学会扮演老师的角色,掌握育人的本领。父母好好学习,孩子才能天天向上。

你知道勃兰威尔吗？

1817年，英国约克郡一个小村庄里的佩特里克·勃朗特家降生了独子勃兰威尔·勃朗特。这前后佩特里克和他的妻子还生育了五个女孩，其中的两个早夭，妻子年岁不大也故去了。勃兰威尔从小就显示出不凡的艺术和文学才能，成为父亲和三姐妹的寄托和希望，他们对他宠爱有加。全家生活并不富裕，但还是节衣缩食，尽力培养他。先是送勃兰威尔到皇家美术学

勃朗特家故居

院学习，可他几个星期后就跑回来了，学业自然无成。接着又给他谋了一份家庭教师的工作，这样可以保证他有足够的时间绘画和写作，但他又没干多久就把工作丢了，绘画和写作水平毫无长进。尽管如此，父亲和三姐妹还是向他倾注了更多的爱，三姐妹甚至早早出去工作来供养他。让父亲和三姐妹大失所望的是，勃兰威尔不仅一事无成，还染上了许多恶习，先是酗酒，后又吸食鸦片，最终在 1848 年 31 岁时死去。

一个半世纪过去了，没有人知道勃兰威尔，更没有人知道他的绘画和文学作品。相反，勃朗特家的三姐妹刻苦学习，专心创作，都留下了作品，有的还是全球有影响的传世之作，其中安妮·勃朗特写了《艾格尼斯·格雷》，艾米丽·勃朗特写了《呼啸山庄》，夏洛蒂·勃朗特写了《简·爱》。

超出爱的限度的溺爱，实则是害

毫无疑问，父母应当爱孩子，家人之间也应当彼此关爱。但任何事物都有其限度，超出爱的限度的溺爱，等于将不会游泳的孩子推进深深的爱河，结果必然是溺水甚至溺亡。这种爱实则是害。

给后代留什么

湖南省长沙市潇湘大道有一座名为"湘江夜话"的雕塑，内容是 1850 年清朝重臣林则徐与左宗棠就治国理政，特别是西北边防大计彻夜长谈、达成共识的故事。

湘江夜话

不过左宗棠与林则徐在给后代留什么问题上的看法和做法不甚一致。左宗棠晚年认为，不宜给后代留下太多金银，挥霍完就没了，而房产是不动的，比金银牢靠。于是，他在长沙大兴土木，作为留给后代的财产。林则徐则不主张给后代留钱财，他在自己的书房里挂了这样一副对联，就反映了他的这种观点："子孙若如我，留钱做什么？贤而多财，则损其志；子孙不如我，留钱做什么？愚而多财，益增其过。"意思是说，子孙若是贤德而勤奋，把钱留给他们反而会损害其奋斗之志；若是愚蠢而懒惰，留的钱越多反而会增加其过错。

留给后代精神财富重于物质财富

中国有句古语说得好："授人以鱼，不如授人以渔。"人类有物质与精神两种财富。在一定意义上说，留给后代精神财富重于物质财富，因为给后代留下的物质财富多了，会使其丧失奋斗的动力，留下的精神财富多了，会激励其奋发有为。

高工夫妇自杀引发的思考

2011年,浙江杭州一对夫妇双双在家中自缢身亡。这对高级知识分子夫妇曾经有着体面的工作和收入,有着值得骄傲的女儿和家庭,是什么使他们走上不归路呢?这引发了许多人的关注和思考。

熟悉他们的同事谈了这样一个情况。这对夫妇同在一家设计院工作,都是高级工程师,丈夫会五种外语,在单位很受尊

重。退休后,曾经热爱的单位不需要自己了,老两口失落了很久。

熟悉他们的邻居谈了另一个情况。退休后,老两口跟着嫁到德国的独生女儿生活了一段时间,帮助照料两个孙辈,填补了退休后的空虚生活。随着外孙和外孙女逐渐长大,老两口突然发现,这里也不再需要自己了,于是黯然回国,并出现了人们都不希望看到的结局。

延伸 YANSHEN

体现老年人应有的价值

有人说老年人最怕生病,有人说老年人最怕孤独,其实老年人还最怕没用而成为负担。所以对老年人既要无限关爱,又要有限索取,既要防止啃老,又要防止嫌老,让他们能够退而不休、老而有用,体现老年人应有的价值。

将军眼中的好兵

20世纪70年代初的一个晚上,中国人民解放军中将、原兰州军区司令员皮定均视察哨位。将军打量了一下哨兵,问了这样一个问题:"想不想家呀?"哨兵毫不迟疑地回答:"报告首长,为了革命,不想家!""放屁!"将军大声斥责。哨兵的腿发抖了。将军觉察到哨兵紧张了,走上前去,拍了拍他的肩膀,说了这样一番充满感情、发人深省的话:"革命就不要家了?没

皮定均

有家哪来国？连家都不想咋保国？""记住，要想着家里的父老，才能对得起肩上的钢枪。""不想家的兵不是好兵！"

延伸 YANSHEN

重视家庭建设，注重家庭、注重家教、注重家风
/ / /

1992年邓小平讲了这样一个观点："家庭是个好东西。"好就好在，家庭不仅是社会的缩影，还是社会的细胞；家庭幸福不仅是社会和谐的基础，也是国家安泰的保障。正如习近平总书记所强调的，要重视家庭建设，注重家庭、注重家教、注重家风。这就告诫我们，人生面临学业、事业、婚姻、家庭等诸多考题，"偏科"是要考低分的。

常回家看看

1995年，词作家车行的父亲去世了。夜晚，悲痛的车行端详着父亲遗照，想着孩提时骑在父亲背上的欢笑，想着风雨中父亲送他上学的背影，想着从军时父亲在站台的叮嘱，想着父亲在信中的字字关爱，泪水一次次模糊了双眼。同时，他后悔、自责只顾忙工作，没有在父亲健在时多陪他聊聊天，为他倒杯茶、洗洗脚。他感到，这些并不难做到的事，不仅自己，其他

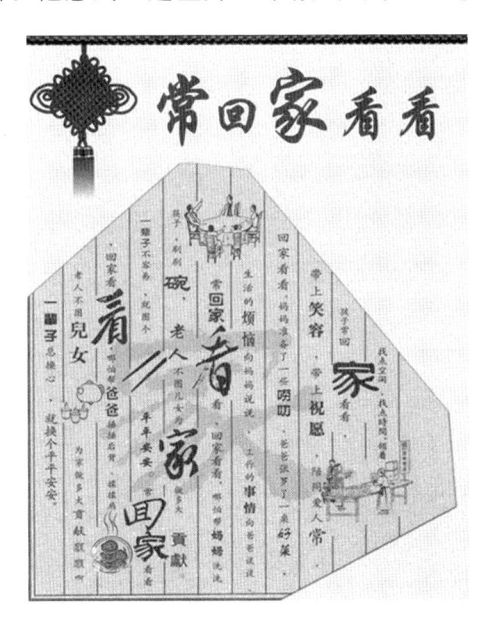

不少人也都不以为然。于是，他决定写一首歌，用自己的切肤之痛警示世人。

一次，车行在列车上听到一位白发老人诉说对儿子的思念，他不由得在一个信封上随手写下了一段文字，这就是《常回家看看》的歌词。作曲家戚建波接到车行送来的歌词，被深深地打动了，含泪谱了曲。这首歌不仅击中了车行和戚建波的痛点，也击中了成千上万人的痛点，后来这首歌经1999年中央电视台春节晚会传唱开来，"常回家看看"还写入了2013年7月1日起实施的新修订的《中华人民共和国老年人权益保障法》。

延伸 YANSHEN

子女要懂得感恩

父母对子女的爱是大爱，不仅无疆，而且无私。父母不要求子女报恩，但子女要懂得感恩。子女与父母之间的爱，不能只放在心里，还要表达出来、表现出来，回家看看就是爱的仪式。请常回家看看，父母在盼着你呢！

成功与失败

成功是由多种因素共同作用的结果。像瞎猫碰上死耗子这种成功，就是偶然因素使然。这意味着，成功的事并非都是正确的事，获得的经验也并非都是能够推广的经验。因此，不仅不能简单地以成败论英雄，也不能简单地把侥幸成功的做法当作普遍适用的经验。否则，收获的很可能不再是成功，而是失败。

华伦达心态

华伦达家族是美国著名高空钢索行走表演世家，其创始人是赫赫有名的卡尔·华伦达。高空钢索行走充满危险，绝对是一项具有强大心脏才能胜任的表演项目。但卡尔·华伦达在其几十年的表演生涯中，总是能够化险为夷，取得了一次又一次成功。他十分自豪地说："只有在钢索上的那一刻才是真正的人生，其余的都叫等待。"他的成功秘诀是有一个良好的心态，具

华伦达家族表演

成功与失败 | 89

体说就是在每次表演时，只想着走钢丝的过程，而绝少考虑结果。心理学家将这种良好的心态称为"华伦达心态"。

但让人颇感意外的是，1978年，卡尔·华伦达在波多黎各首府圣胡安市表演时，从20米高空摔了下来，当场气绝身亡。这是怎么回事呢？卡尔·华伦达的妻子解释了其中的一个重要原因。原来已经73岁的卡尔·华伦达太看重这次表演了，总想给自己的表演生涯画一个圆满句号，留下一个有历史意义的纪念，因而在表演前一直不断念叨："我一定不能失败，一定要成功。"太惧怕失败的他，结果却是惨败。其实，卡尔·华伦达的失败，恰恰在于没有能够保持一贯的"华伦达心态"。

延伸 YANSHEN

不能总想着结果

卡尔·华伦达的故事揭示了这样一个道理：人们要有自己的奋斗目标，否则就没有前进的方向和动力，陷入碌碌无为状态；但在实现目标的过程中，又必须专注做好过程中的每一项具体工作，不能总想着结果，更不能因患得患失影响工作状态，进而影响目标的实现。奥地利心理学家雷蒙·阿隆曾提出过一个"目的颤抖"观点，可以看作对"华伦达心态"的进一步阐释。他用给针引线的试验说明，越是想把针引进去，手抖得越厉害，因而越不容易成功。

当快坚持不住时

20世纪70年代,拳王阿里与另一位拳王弗雷泽进行了拳击史上著名的三场大赛。1971年和1974年的两场比赛,他们俩平分秋色,战成1:1。

阿里(左)与弗雷泽(右)之战

1975年10月1日,两人的第三场比赛在菲律宾首都马尼拉举行,总共要比赛15个回合。阿里后来称,这是一场接近死亡边缘的比赛。当第 14 个回合比赛结束时，阿里已经精疲力竭，几乎再无丝毫力气迎战第 15 个回合了。然而他心里清楚，对方现在的状态和自己一样。显然，这时与其说比气力，不如说比毅力，就看谁比对方多坚持一会儿。果然，弗雷泽方面提出放弃第 15 个回合的比赛。就在裁判宣布阿里获胜后，阿里昏倒在了拳击台。弗雷泽见状追悔莫及，并为此抱憾终身。

坚持就有希望，坚持就是胜利

所谓"成功"，就是在快坚持不住的时候再坚持一下，坚持就有希望，坚持就是胜利。

并非神话

中国古代神话故事中有一尊神叫顺风耳,能听到千里之音。既然是神话,当然是不真实的。但这个顺风耳的历史原型却是真实的,他就是春秋时期晋国音乐家师旷。

师旷像

师旷酷爱音乐,并表现出了很高的音乐天赋。但他对自己要求甚高,总觉得造诣未精,并认为"艺之不成,由心之不专,心之不专,由目之多视"。于是,他干脆用艾叶熏瞎了双眼,从此心无旁骛研习音乐，终成音乐大家，担任了晋国主乐大师，并以"师旷之聪"闻名于后世。

成就一项事业，必须专心、专一、专注

俗话说得好："一心不能二用。"人的生命是有限的，如果想成就一番事业，必须专心、专一、专注。正如格拉德威尔提出的"1万小时定律"，就是不管做什么事，坚持做1万小时，基本上都可以成为该领域的专家。

杨振宁的纠结

青年杨振宁十分喜欢物理,并希望能够成为一名实验物理学家。1945年,23岁的杨振宁从西南联合大学考入美国芝加哥大学,很想写出一篇高质量的实验物理论文。但是,在实验室工作的近两年时间里,他的物理实验颇不顺利,常常发生爆炸,以至于当时实验室里流传着这样一句笑话:哪里有爆炸,哪里就有杨振宁。杨振宁不得不痛苦地承认,自己的动手能力差。

杨振宁(中)接受诺贝尔物理学奖

一天，美国著名理论物理学家爱德华·泰勒坦率地对杨振宁说："我认为你不必坚持一定要写一篇实验论文，你已经写了一篇理论论文，我建议你把它充实一下作为博士论文，我可以做你的导师。"泰勒的话使杨振宁十分纠结，他太想写一篇实验物理论文了，可又深感力不从心，他甚至忆起在厦门上小学时的一件事。有一次上手工课，他捏了一只鸡，拿回家给爸爸妈妈看了，竟被当成一段藕。他意识到动手能力不强是自己的短板，尽管不是太情愿，但还是接受了泰勒的建议，放弃了写实验物理论文的打算。从这以后，杨振宁把努力方向转到理论物理研究上，不仅拿到了博士学位，更于1957年与李政道联袂获得当年诺贝尔物理学奖，并成为享誉世界的理论物理学家。

延伸 YANSHEN

有时选择放弃，也是成功的重要因素

人的一生会面临许多选择，每一次选择困扰你的往往不是题目本身，而是多个选项。有的选项起的作用是迷惑、诱惑，似是而非。有时选择放弃，也是成功的重要因素。

帮助对手

2006年7月5日,从美国传出一个令全球轰动的消息:世界著名饮料巨头可口可乐总公司出现"内鬼",有员工偷取可口可乐饮品样本及机密文件,企图出售给其主要竞争对手百事可乐。谁都知道,可口可乐自1886年由约翰·彭伯顿无意创造后,一个多世纪以来长盛不衰,很大一部分原因在于其神秘配方。就在人们为可口可乐庆幸,并不断追问是谁揭发了那个"内鬼"时,可口可乐高层透露,向本公司和有关当局揭露"内鬼"的其实是百事可乐。

几乎所有人都感到困惑不解。谁都知道同行是冤家的道理，谁都知道长期以来两大可乐公司采取各种方式试图打败对方，现在千载难逢的机会来了，百事可乐为什么要帮助自己的老冤家呢？百事可乐公共关系高级副总裁多林给出了解释，其中一条原因是这样的："我们帮助可口可乐，就是不想让它消失在我们的视野里，它是我们前进的动力。"

小成靠朋友，大成靠对手

有人说，小成靠朋友，大成靠对手，是有一定道理的。对手的存在固然可能感到压力，但又可以转化为拼搏的动力，从而取得更大的成功。

山德士与肯德基

现在，在全世界的许多地方，人们都能看到这样一个标识：一个老人，花白的胡须，白色的西装，黑色的眼镜，面带微笑。这就是全球著名快餐连锁店肯德基的标识，标识上的老人就是哈兰·山德士。肯德基为什么选择这样一个老人形象作为标识呢？

山德士

山德士 6 岁时父亲就去世了，留下母亲带着 3 个孩子艰难度日。14 岁开始，山德士就出去打拼，先后尝试了许多种工作，包括在农场打过工，当过售票员，服过兵役，干过机车司炉工，卖过保险、轮胎，经营过渡船，开过加油站等，但一事无成，这时已年近60岁了，不得不靠每月105元的社会保险金生活。但山德士不服输、更不服老，在开过饭馆的基础上，于65岁时正式成立了肯德基有限公司，专门经营炸鸡，获得了巨大成功。到2018年，仅中国就有肯德基连锁店4 300多家。

延伸 YANSHEN

岁数大了，但心不老，人就不老

德裔美籍作家塞缪尔·厄尔曼70岁时才开始写作，其代表作是《青春》，指出："青春不是年华，而是心境。"的确，岁数大了，但心不老，人就不老，就可以像中青年人一样奋发有为。因此，年龄段是划分人生不同阶段的界限，而不是判断能否做事的界限，更不是判断成功与否的界限。

小泽征尔夺魁

1959年，24岁的日本青年指挥小泽征尔在法国参加了贝桑松世界指挥比赛。经过初赛、复赛，他成功入围了只有3人参加的决赛。最后一个出场的小泽征尔，接过了评委会交给他的一张比赛乐谱，全神贯注并富有激情地投入指挥中去。在指挥过程中，他注意到演奏出现了一个微小的变音，首先判断是乐队出错了，于是立即叫停，让乐队重新演奏。但当演奏到同一

小泽征尔

个地方时，这个变音又出现了，他意识到应该是乐谱出错了，及时向评委表达了自己的看法，却遭到评委的断然否定。小泽征尔犹豫片刻，再次拿起了指挥棒，同一个地方同一个变音竟然又出现了，于是再次坚决叫停了演奏，并大声吼道："不！一定是乐谱错了！"小泽征尔自信而坚定的吼声刚落，评委们立刻站起来鼓掌，祝贺他比赛夺魁。原来，这个微小的错误环节，是评委故意设置的，以测试选手在权威面前是否能够坚信和坚持自己的判断。

人们应当尊重权威，但不应迷信权威

权威是一定范围内最有地位的人物或事物，具有使人信从的力量和威望。毫无疑问，人们应当尊重权威，但不应迷信权威。只有不迷信权威，自己才有可能成为权威。

曹操赏赐反对者

东汉末年，曹操经过官渡之战大胜最强大的诸侯袁绍后，袁绍病亡，他的两个儿子投奔统治今冀东、辽宁一带的乌桓，以图东山再起。曹操为了彻底消灭袁氏残余势力，打算北伐乌桓，并就此统一北方。鉴于乌桓地处偏远，长途征战困难重重，实无胜算把握，因而遭到许多将领和谋士的反对。但曹操力排

曹操像

众议，于公元207年亲率大军远征，经过5个多月的苦战，大获全胜而归，并在征战途中写下了著名诗篇《观沧海》。

曹操凯旋后，下令调查当初反对他攻打乌桓的人。吓得那些好心相劝的将领谋士惊恐万状，都以为要受惩罚。但出乎所有人意料的是，曹操不仅没有惩罚，反而重赏了他们。对此曹操解释说："这次我率兵前往，是冒着很大的危险谋求侥幸的胜利，虽然得手了，这是老天帮忙，不过这不可当作常例。诸位的劝诫，才是万全之计，因此重赏你们，今后有意见不要不敢说出来。"

延伸 YANSHEN

成功是由多种因素共同作用的结果
／／／

成功是由多种因素共同作用的结果。像瞎猫碰上死耗子这种成功，就是偶然因素使然。这意味着，成功的事并非都是正确的事，获得的经验也并非都是能够推广的经验。因此，不仅不能简单地以成败论英雄，也不能简单地把侥幸成功的做法当作普遍适用的经验。否则，收获的很可能不再是成功，而是失败。

日本乒乓球神童输球后的反思

2019年4月25日，在匈牙利布达佩斯举行的第55届世界乒乓球锦标赛（单项）激战正酣，其中日本乒乓球神童张本智和对阵韩国小将安宰贤晋级8强的比赛引人关注。张本智和虽然只有15岁，但已经是2016年世界青少年乒乓球锦标赛男单冠军，2018年国际乒联巡回赛总决赛男单冠军，在男子乒乓球世界最新排名中高居第4位。19岁的对手安宰贤，在乒乓球男子世界排名中只列157位。单从实力看，张本智和明显处于上风。

但比赛结果却让人大跌眼镜,张本智和以 2∶4 输给了安宰贤。赛前,张本智和豪言要为日本夺取近 40 年来世乒赛首枚男单奖牌,而他所在的下半区,中国名将许昕早早被淘汰,德国名将波尔因伤退赛,其晋级乃至夺牌形势可谓一片大好,可最终连 8 强都没有进去。赛后,张本智和在接受媒体采访时失声痛哭,道出了落败的"真相","这次比赛自己太紧张,无谓失误也多","连六成水平都没发挥出来"。可见,张本智和主要不是输在技术水平上,而是输在心理素质上。

既要有进取心,更要有平常心

成功是多种因素共同作用的结果,其中良好的心理素质是不可或缺的重要条件。心理素质过硬,不仅可以保证你正常发挥,有时还能帮助你超常发挥;反之,则不仅难以正常发挥,而且往往会导致发挥失常。培养良好心理素质的关键是,既要有进取心,更要有平常心。

就因为少了一个连字符号

1962年7月22日，美国一枚名为"水手一号"的火箭，在飞往金星途中，突然偏离预定轨道，并发生爆炸。据后来调查表明，导致这次事故的原因是，一名程序员在手抄控制火箭飞行的电脑程序时省略了一个连字符号。就是因为缺少了这么一个小小的标点符号，竟然使这次发射失败，并损失了1 850万美元。

水手一号发射

延伸 YANSHEN

1%的错误会导致100%的失败

/ / /

有这样一道题：1%的错误，会导致多大的失败？有人回答会导致1%的失败。这是不正确的。在很多情况下，1%的错误会导致100%的失败。这是因为，重大事件中的细节绝不是无足轻重的小节，处理不好就会严重影响大节，这就是所谓"细节决定成败"。

常败英雄

出生于1969年的彼得·布克利，是英国伯明翰市的一名次中量级拳击手。在他20年的职业生涯中，一共参加了300场比赛，结果只赢了32场，平了12场，输掉的竟达256场，布克利因此被称为"世界最差拳击手"。特别是在其职业比赛的最后五年，很少赢得比赛，甚至创下了连输88场的世界纪录，成为名副其实的"常败将军"。

彼得·布克利

按照有些国家的规定，如果拳击手接连输掉 10 场比赛，就应该被取消拳击手资格，由于英国没有这样的规定，是否继续参赛，完全由选手自己决定。布克利尽管屡战屡败，但从不放弃。他总是这样说："你可以把我打倒，但你不能阻止我重新站起来。"所以，他一直坚持训练，并且一接到比赛邀请，就满怀激情地投入比赛中去。正因为如此，他虽然很少赢得比赛的奖杯，却赢得了全世界的尊重；虽然是常败者，人们却将他视为英雄。

延伸 YANSHEN

不能简单以成败论英雄

人们常说，不能简单以成败论英雄。这是因为，评价成败的依据是结果，而评价英雄的依据则可以是过程。布克利从比赛结果看无疑是失败者，但从比赛过程中展现出来的不服输的斗志、不怕输的精神来看，则堪当英雄。更何况，生活的乐趣不仅在于结果，更多在于过程。

识人与用人

人的复杂性不仅体现在做好事与做坏事、优点与缺点集于一身，还体现在公开与私下可能不一致，形成了人的两面或多面性。这是由人想什么、说什么、做什么，可以相对分开、有所不同的特点造成的。因此，察人识人，要从一个人想什么、说什么、做什么三个维度展开，努力得出正确的结论。

马克坦岛上的特殊纪念碑

在菲律宾马克坦岛上有一座纪念亭,亭中立着一座铜碑。这是一座特殊的纪念碑,碑的正反两面镌刻着两位敌对人物的事迹。

马克坦岛上的纪念碑

纪念碑正面文字记述的是马克坦岛酋长拉普拉普抗击西班牙入侵者的事迹:"1521年4月27日,拉普拉普和他的战士们,在这里打退了西班牙入侵者,杀死了他们的首领——斐迪南·麦哲伦。由此,拉普拉普成为击退欧洲侵略者的第一位菲律宾人。"

纪念碑反面文字记述了世界上最早进行环球航行的斐迪南·麦哲伦的事迹:"斐迪南·麦哲伦1521年4月27日死于此地。他是在与马克坦岛酋长拉普拉普的战士们交战中受伤死亡的。麦哲伦船队的一艘船只——维多利亚号,在埃尔卡诺的指挥下,于1521年5月1日升帆驶离宿务港,并于1522年9月6日返抵西班牙港口停泊,第一次环球航行就这样完成了。"

好人和坏人都是有成色的

识人靠事。人是十分复杂的,同一个人既可能做好事,也可能做坏事;同一个人做的同一件事,既可能是好事,也可能是坏事。因此,必须客观全面历史地看,从不同角度衡量,不能简单地用好人和坏人下判断。好人和坏人都是有成色的,正如金无足赤,人也没有完人,百分之百的好人和百分之百的坏人都是少有的。

不可造就之才获得诺贝尔奖

奥托·瓦拉赫出生于德国一个律师家庭,父母对他家教很严,期望很高。开始读中学时,父母为他选择了一条文学之路,可一个学期下来,老师给他下了这样的评语:"瓦拉赫很用功,但过分拘泥。这样的人即使有着完美的道德,也绝不可能在文学上发挥出来。"于是瓦拉赫改学油画。但他不善于构图和调色,对艺术的理解力不强,成绩在班里倒数第一,老师给出的评语更糟:"你是绘画艺术方面的不可造就之才。"

奥托·瓦拉赫

父母失望了，瓦拉赫自己也彷徨了。然而化学老师则认为他过于拘泥并不完全是缺点，做化学实验正好需要这样"死板"的性格，建议他试学化学。瓦拉赫和父母接受了化学老师的建议，并很快展示出了在化学方面的才华，首次成功地实现人工合成香料，1910年获得诺贝尔化学奖。

可造就的关键在于把特点用对

人的复杂性表现在很多方面，其中之一就是往往集优点和缺点于一身，特别是每个人都有自己的特点，这些特点用对了就是优点，用错了就是缺点。正像瓦拉赫，过分拘泥其实是他的一个特点，用来搞文学艺术是缺点，用来搞强调严谨的化学则是优点。因此，可造就的关键在于把特点用对。

爱因斯坦日记中的中国

2018年,美国普林斯顿大学出版的《爱因斯坦旅行日记》,记录了爱因斯坦在亚洲等地旅行时的所见所想。出人意料的是,这位享誉世界的科学家,竟然称中国人"肮脏而愚钝",甚至称繁衍能力极强的中国人如果"在日后挤掉了其他所有民族,那将是一种遗憾"。就连本书翻译和编辑罗森克兰茨都直言,"他的很多评论都让我们感到震惊,也很不愉快——尤其是说中国的那部分"。

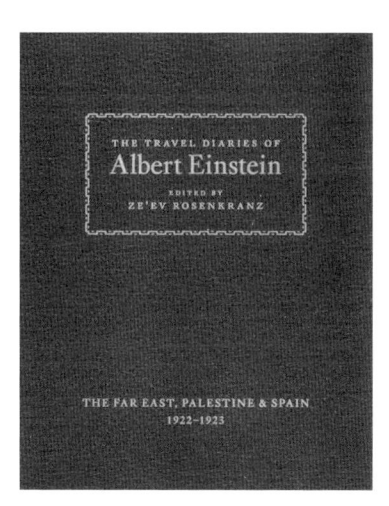

《爱因斯坦旅行日记》

爱因斯坦在公开声明和私人日记中对中国的看法与说法是有区别的。卢沟桥事变爆发和上海抗日运动"七君子"被捕后，他都发表声明，给予中国人民声援与支持。

察人识人，要从一个人想什么、说什么、做什么三个维度展开

人的复杂性不仅体现在做好事与做坏事、优点与缺点集于一身，还体现在公开与私下可能不一致，形成了人的两面或多面性。这是由人想什么、说什么、做什么，可以相对分开、有所不同的特点造成的。因此，察人识人，要从一个人想什么、说什么、做什么三个维度展开，努力得出正确的结论。

孔子犯过错误吗？

孔子是中国的至圣先师，即圣人中的圣人，并在世界名人排行榜中与耶稣、释迦牟尼等齐名。那么，孔子会犯错误吗？答案是肯定的，其中孔子自己承认的就不少。

孔子像

宰予和子羽是孔子的学生。宰予能说会道，颇得孔子赏识，认为他将来一定有出息。子羽其貌不扬，难讨孔子喜欢，后来只好退学。然而，二人的发展完全出乎孔子的预料。子羽离开孔子后，发奋学习，善于思考，成为著名学者，很多青年慕名到他门下求学，他的声名在诸侯间也传开了。相反，宰予却十分懒惰，有一次白天睡觉被孔子撞见，气得孔子骂他"朽木"，后来宰予在齐国做官作乱被处死。孔子后来承认，自己在对宰予和子羽的认识上，存在以言取人和以貌取人的过错，即"以言取人，失之宰予"，"以貌取人，失之子羽"。

圣人也是人

人们常说，"人非圣贤，孰能无过"。其实，即便圣人，也会有过，因为圣人也是人。既然是人，他就不可能不受人的规律制约，不可能不犯人在成长和实践过程中难以完全避免的错误。

中奖之后

2002年8月30日上午,广东省化州市中山路的体育彩票销售店店主林海燕,接到了老客户吴先生的电话,称因出差在外,请其代买700元彩票。尽管数额较大,林海燕还是爽快地为吴先生垫钱买了彩票。

当天下午,广东省体育彩票开出了全省唯一一注518万元大奖,而这个大奖恰恰落在了林海燕的销售点上。林海燕查对中奖号码后,惊讶地发现竟是自己垫钱为吴先生买的彩票。谁

体育彩票销售点

都知道，体育彩票具有不记名、不挂失的特点；谁都不知道，自己为吴先生垫钱买的彩票中了大奖。这就是说，她完全可以神不知鬼不觉地将这笔巨款据为己有。但她没有这样做，而是立即拿起电话，将中大奖的信息告诉了仍在外地出差的吴先生。9月9日，林海燕将保管了一个多星期的中奖彩票，交给了出差回来的吴先生。

判断一个人是什么样的人，关键是看他在不会被人发现的情况下做些什么

判断一个人是什么样的人，关键是看他在不会被人发现的情况下做些什么。林海燕被人们称为诚实守信的典范，是中国体育彩票发行的形象大使，并获得"全国道德模范"提名奖等众多荣誉称号，可谓名至实归。

养　　眼

　　文物鉴赏家马未都在谈到如何识别真品与赝品时，讲了这样一番做法和感悟。他说，我从不研究赝品，更何况每件赝品的破绽都是不同的。我经常抽空到博物馆泡上一整天，盯着古董看，一直看熟看透为止，收藏界管这叫"养眼"。经过这样反复无数遍养眼，眼睛就只会适应真品的感观，今后一见到赝品时就会非常扎眼，就不会看走眼了。

观复博物馆瓷器

识人同样需要"养眼"

隔行如隔山,但隔行不隔理。识人同样需要"养眼",就是多同好人接触交流,了解好人的特点,熟悉好人的气质,这样碰到坏人就会觉得特别不顺眼,从而把他们识别出来。

普利策奖获得者的尴尬

布恩·塔金顿是20世纪上半叶美国著名小说家和戏剧家,他的小说《伟大的安伯森斯》和《爱丽丝·亚当斯》,均获得被称为新闻界诺贝尔奖的普利策奖。然而,就在他人气最旺的时候,在多个场合总是讲述这样一个故事。

布恩·塔金顿

有一次,塔金顿作为特邀嘉宾参加了一个由红十字会举办的艺术家作品展览会,在会上他遇到两个女孩,虔诚地向他索要签名。当他用铅笔在其中一个女孩精致的笔记本上写上鼓励之语和自己的签名后,这个女孩顿时皱起了眉头,仔细打量了一番后问:"你不是罗伯特·查波斯吗?"他非常自负地回答:"不是,我是布恩·塔金顿,两次普利策奖获得者。"让塔金顿尴尬的是,女孩在确认他的身份后,竟从同伴那里要来橡皮,把他的签字和签名擦掉了。从那以后,塔金顿时时告诉自己,无论多么出色,都别太把自己当回事儿。

把握正确认识自己的关键

眼睛难看到睫毛,人们难看清自己。正确认识自己的关键是,当别人都不把你当回事时,你一定要把自己当回事;当别人都把你当回事时,千万别把自己太当回事。

培根是个什么样的人

弗兰西斯·培根是英国文艺复兴时期著名哲学家、散文家。在世人的眼中，培根是个什么样的人呢？

弗兰西斯·培根

一方面，培根是个有才的人。他是唯物主义哲学家，提出了唯物主义经验论的一系列原则，制定了系统的归纳逻辑，马克思、恩格斯称赞他是"英国唯物主义的创始人"。同时，他是实验科学的创始人，近代归纳法的创始人，给科学研究程序进行逻辑组织化的先驱。此外，他还是著名散文家，以哲学家的眼光，写出了许多短小精悍的随笔小品。特别是他提出的"知识就是力量"的思想，更是深入人心。

另一方面，培根是个无德的人。贵族出身的他，为了出人头地，投靠了姨夫的政敌、女王的宠臣埃塞克斯勋爵，并从埃塞克斯那里得到了大笔财产和华丽住所，过着放荡的生活。但当埃塞克斯失去女王宠信时，培根见风使舵，竟然指控埃塞克斯犯有叛国罪，把自己的恩人送上了断头台。后来，培根如愿以偿先后当上了掌玺大臣、皇家大法官，但却受贿、舞弊，被送进了监狱。

德与才是评价人的两个重要尺度

德与才是评价人的两个重要尺度。一个人的德与才的状况不同，形成了这样的四类人及评价：有德有才是正品，有德无才是次品，无德无才是废品，无德有才是危险品。

赵师择学狗叫

南宋宋宁宗年间，贵为皇亲国戚的宰相韩侂胄专权，工部侍郎赵师择竭尽谄媚之能，千方百计巴结讨好他。有一次，韩侂胄带领大官小吏，验收皇上赏赐、刚刚整修的南园，看到人工布置的竹篱茅舍，颇有感慨地说："这里真是一派田园景象，就是缺点犬吠鸡鸣之声啊。"过了一会儿，草木丛中真的传来

韩侂胄像

"汪汪汪"的狗叫声。循声望去,原来是随行的赵师择蹲在那里模仿的,逗得韩侂胄哈哈大笑。

如果说赵师择先前给韩侂胄进献十枚极其珍贵的"北珠冠",得以由临安守升任工部侍郎,是一种物质贿赂的话,尔后不顾人格和尊严模仿狗叫,想方设法讨得韩侂胄欢心,实则是一种精神贿赂。就其目的而言,同物质贿赂一样,都是为了加官晋爵,也就是说,拍马是为了骑马。

延伸 YANSHEN

一种带毒的"赞美"

需要引起注意的是,人们对物质贿赂比较警觉,而对谄媚等精神贿赂,则往往放松警惕,不仅不拒绝,甚至很受用。实际上,相较于物质贿赂,谄媚这种精神贿赂方式更灵活,表现更隐晦,危害也更大,可以说是一种带毒的"赞美"。所以,谄媚者不仅谈不上忠诚,甚至谈不上真诚,谈得上的只有伪诚!

齐桓公的用人奖励之道

齐桓公作为中国春秋时齐国第 15 代国君，善用敢用人才，其中最著名的就是任用射杀过自己的管仲为相。管仲大力推行改革，使齐国逐渐强盛起来，并将齐桓公推上了天下诸侯的霸主地位。

齐桓公像

但奇怪的是，每次管仲做出成绩，齐桓公第一个表扬和奖励的不是管仲，而是管仲的启蒙老师，理由是他为国家培养了一个优秀人才；第二个表扬和奖励的仍然不是管仲，而是推荐管仲的人，理由是他为国家发现了优秀人才；第三个表扬和奖励的才轮到管仲。由于齐桓公推行这样的用人奖励制度，齐国尊师敬才成风，人们发现人才就像找到宝藏一样，由此出现了人才辈出的局面，国家也日益强大。

人才离不开培养，也离不开举荐

人才离不开培养，也离不开举荐。当培养和发现人才的伯乐受到重视，作为人才的千里马就会大量涌现。

芬森选弟子

丹麦著名医学家、第一位获得诺贝尔生理学或医学奖的临床医生奈尔斯·赖伯格·芬森，长期体弱多病，很想寻找一位得意门生，以推进他发明的光疗事业。慕名而来的医学界青年才俊很多，芬森选中了一个叫哈里的青年医生。鉴于医学研究十分枯燥，芬森对哈里能否坚持下去有些担心。芬森的助手提议："哈里家境贫寒，您不妨请您的朋友假意出高薪聘请哈里，

芬森

看他会不会心动。"芬森拒绝了助手的提议,并讲了这样的理由:"我一直都赞同一个观点,不要站在道德制高点俯瞰别人,也永远别去考验人性。他出身贫民窟,怎么会不对金钱有所渴望?"最后,哈里成了芬森的弟子,并在其指导下成为丹麦有影响的医学家。

多年后,哈里听了芬森拒绝考验自己人性的事情,含泪感慨地说:"假如当年恩师用巨大利益做诱饵来评估我的人格,那我肯定就掉进了这个陷阱。因为,当时我的母亲患病在床需要医治,我的弟妹们也等着我供他们上学。如果那样,我就没有现在的成就了。"

延伸 YANSHEN

不要轻易考验人性

清人王永彬说,百善孝为先,论心不论迹,论迹寒门无孝子;万恶淫为首,论迹不论心,论心世上无完人。人性都有弱点,在条件适宜时就会暴露,因此不要轻易考验人性。

说话与办事

信守诺言,是人们安身立命的重要支点。如果一个人说了不算,算了不说,不要说做不成朋友,连做人都成了问题。刘绍安用一辈子诠释了什么叫"一言为定",什么叫"一诺千金",什么叫"一言既出,驷马难追",无愧于"最可爱的人"。

上门儿子和上门女婿刘绍安

1951年世界战争史上空前惨烈的上甘岭战役打响前夕，中国人民志愿军某部侦察排长刘绍安和副排长张志久，立下了这样一个生死约定：如果一方在战斗中不幸牺牲，活下来的要承担起赡养对方父母的义务。几天后，张志久在炸毁敌人暗堡的战斗中英勇献身，刘绍安从此用一辈子信守诺言。

刘绍安

刘绍安先是模仿张志久笔迹给江苏泰兴的张家父母写"平安信",并每个月从微薄的津贴中分出一半寄给张家,直到1954年初张家收到烈士抚恤金,这个秘密才被知道。于是,刘绍安干脆征得同意,当起了张家的儿子。1955年,亲朋好友开始给30多岁的刘绍安介绍对象,其中有年轻貌美的女大学生,有山东泰安家乡善良贤惠的姑娘,也有张家信中提到的张志久的妹妹,刘绍安选择了后者,又当起了张家的女婿。1963年,面临转业的刘绍安,放弃部队到西北建设兵团的提职安排,也放弃了回家乡侍奉双亲的打算,而是毅然降级来到张志久家乡工作,当起了上门儿子和上门女婿,给二老养老送了终,并将张志久的其他三个弟弟妹妹养育成人。他说:"我这辈子只做了一件事,就是完成了战友的重托,我无怨无悔。"

信守诺言,是人们安身立命的重要支点
／／／

信守诺言,是人们安身立命的重要支点。如果一个人说了不算,算了不说,不要说做不成朋友,连做人都成了问题。刘绍安用一辈子诠释了什么叫"一言为定",什么叫"一诺千金",什么叫"一言既出,驷马难追",无愧于"最可爱的人"。

偷听来的真话

1943年第二次世界大战激战正酣时,德国有一家人收到海军部来电,通知他们的儿子沃纳阵亡。伤心不已的父母决定在家中为儿子举行一个守灵仪式,并通知了亲友。然而,就在守灵仪式即将举行的前一天晚上,沃纳的父母在英国广播公司德语新闻中,听到被英军俘获的德国海军名单中,居然有儿子的名字。当时,偷听敌台广播是要坐牢的,所以沃纳父母决定守灵仪式照常进行。亲友们陆续来了,并瞅准机会,悄悄告诉沃纳的父母,儿子并没死。原来,亲友们也都偷听了英国广播公司的广播。

二战期间,英国作家奥威尔在 BBC 播音

英国广播公司为什么能获得敌对国家百姓的信任呢？该公司著名播音员弗朗西斯·伦图尔曾做出过解释，他以二战为例说："在战争开始的头两年里，对英国来说，几乎都是坏消息。英国广播公司在播发那些坏消息时，从未想过去遮掩、粉饰它们。大致在1943年以及此后的一段时间内，敌占区的人民已逐步相信英国广播公司讲的都是真话。"

能说真话不易，听到真话也不易

国与国之间，人与人之间，能说真话不易，听到真话也不易。假话全不说，真话不全说，即使是对手也会得到信任。

基辛格被拒

亨利·阿尔弗雷德·基辛格于1973年至1977年担任美国国务卿期间，多次为斡旋中东和平到访耶路撒冷。有一天，基辛格亲自给一个叫芬克斯的酒吧打电话，预约用餐时间，并提出要带10个随从，要求到时谢绝其他顾客。酒吧老板罗斯恰尔斯说："他们都是老熟客，也就是支撑着这个店的人，而现在因为您的缘故把他们拒之门外，我是无论如何也做不到的。"对这意外的拒绝，基辛格生气地挂断了电话。

芬克斯酒吧

第二天，基辛格又一次给芬克斯老板打电话，先对昨天的无礼表示歉意，然后说这次不必谢绝其他客人，这对基辛格来说已经是最大的让步了。但让他再次感到意外的是，他又一次被拒绝了。罗斯恰尔斯解释说："明天是星期六，本店的休假日。"基辛格还想争取，说："我后天就要离开此地，你不能为我破一次例吗?"罗斯恰尔斯坚持道："那不行。对我们犹太人来说，星期六是一个神圣的日子，在星期六营业，是对神的亵渎。"基辛格听后，无奈地挂了电话。基辛格两次被拒的事情被美国记者知道后，写成《基辛格与芬克斯》的报道，一下子使这个只有30平方米的小小酒吧，成了世界著名的酒吧。

延伸 YANSHEN

只有敢于说"不"，你说的"是"才更有价值

世界上，善于说明的人很多，敢于明说的人很少。有时候，只有敢于说"不"，你说的"是"才更有价值。

陈冠唐戴

"唐伯虎三笑点秋香"的故事，在中国可以说是家喻户晓，人人皆知。故事讲的是，明代号称"江南第一风流才子"的唐伯虎，对华太师府上的丫鬟秋香一见钟情，施展计谋混进华府，并经历一番曲折，终于与秋香拜堂成婚。

唐伯虎像

但历史的真相是，唐伯虎虽然与秋香是同时代的人，但并未点过比他大20多岁的秋香。唐伯虎一生结过三次婚，第一任妻子是徐氏，但婚后几年就去世了；继而又娶了一位何氏，但因考试作弊案受牵连，何氏离他而去；第三任妻子是沈九娘，二人十分恩爱，直到唐伯虎去世。其实，"唐伯虎点秋香"故事的原型是苏州人陈元超，不过是有人借重唐伯虎的盛名，把别人的事加在他的头上罢了，可谓"陈冠唐戴"。

要谨防多数人陷阱

有时，多数人说的未必就是真实的，因为多数人所做的仅仅是传播，而非探究。因此，谎言重复千遍仍然是谎言，要谨防多数人陷阱。

别出心裁的奖励制度

2009年,飞行员出身的兰迪·巴比特就任美国联邦航空管理局局长后,便打算推出一项奇特的"倒奖励"制度,即奖励那些迅速上报自己在工作中犯了错误的飞行员、机械师、地面指挥等航空从业人员,并且免除对他们实施的处罚(致使坠机和蓄意叛逃除外)。有些人认为这是故意鼓励犯错误,并增加开支,表示反对。但巴比特坚持认为:"通过这个'倒奖励'制度,我希望他们能从同行或其他人的错误中有所收获和警醒,

兰迪·巴比特

以避免犯同样的错误，减少事故率。而且我深信，如果不这样，一旦他们犯错，所造成的损失一定会高于我们所付出的奖金。"最终巴比特的这项制度获得通过，在全美航空领域执行。

"倒奖励"制度极大地鼓舞了飞行员等航空从业人员自我揭露的勇气，他们很多人开始随身携带名为"自我错误报告"的小册子，联邦航空管理局每月都能收到数千份这样的错误报告。巴比特还将典型错误编成刊物对外发行，供航空从业人员从中吸取教训。据联邦航空管理局统计，到2013年年底，实施"倒奖励"制度后共支出奖金6 100万美元，但极大地降低了事故发生率，避免了因此而带来的近3亿美元的损失。

延伸 YANSHEN

让报喜者得喜，让报忧者亦得喜

鼓励人们说真话，特别是关于自己错误的真话，关键是要通过制定并严格执行制度，让报喜者得喜，让报忧者亦得喜。

80 年后的函件

湖北省武汉市鄱阳湖街道有一座建于 1917 年的 6 层楼房，被称为"景明大楼"，设计者是英国的一家建筑设计事务所。20 世纪末，也就是这栋大楼 80 岁之后的一天，它的设计者给景明大楼业主寄来一份函件，郑重提示：景明大楼为本事务所于 1917 年所设计，设计年限为 80 年，现已超期服役，敬请业主注意。

景明大楼

敬业才能成就事业

这个心、那个心，最要紧的是责任心；这个度、那个度，最关键的是态度。有了积极的态度和强烈的责任心才会敬业，敬业才能成就事业。

物勒工名

所谓"物勒工名",就是器物的制造者要将自己的姓名刻在上面。中国从春秋战国时期起,就有了国家对产品质量进行检验的年审制度和政府官员质量负责制度。但最早提出"物勒工名"的,则是秦国宰相吕不韦。据《吕氏春秋》记载,"物勒工名,以考其诚,工有不当,必行其罪,以穷其情。"意思是说,国家强制工匠将名字刻在器物上面,一旦发现产品质量问题,负责产品质量的官员就按上面所刻名字,追究处罚相关责任人。可以说,这是中国古代最早的责任追究制度。

南京城墙墙砖的"物勒工名"

自秦以后，中国历代坚持和发展了"物勒工名"制度。其中，汉代"物勒工名"范围扩大到生产机构、主造官员、监造官员、生产工匠，唐代为工匠设立"匠籍"，特别是宋代"物勒工名"传统开始演化成"商标"形态，工匠由被动改为主动要求在产品上留下自己的标识。正是由于推行"物勒工名"制度，才有了长城、故宫等一批享誉世界的精品工程。

办好事情，关键是解决责任落实问题

办好事情，关键是解决责任落实问题。这可以从两方面入手，一方面是增强责任心，这解决的是自觉的问题；另一方面是建立健全责任追究制度，这解决的是他觉的问题。

一枚邮票与一条运河

1883年，法国人在成功开挖苏伊士运河后，又承揽了连接大西洋与太平洋的巴拿马运河工程，并正式施工。但因为对巴拿马特殊地理环境估计不足，以及管理不善、经费紧张等原因，1898年承担此项工程的法国洋际运河公司宣告破产。

摩摩通博火山邮票

对巴拿马运河工程倾注大量心血的法国工程师菲利普·比诺·瓦里亚，不愿看到此项工程就此夭折，希望游说美国人接过法国建筑权并建成运河。而美国人的确对开挖运河有兴趣，但考虑的线路却是尼加拉瓜，而非巴拿马。就在美国国会准备正式表决通过这项工程的前几天，加勒比海的一座火山喷发。瓦里亚想起尼加拉瓜曾发行过一枚邮票，上面印有著名的摩摩通博火山，而这座火山恰好坐落在拟开挖的运河线路附近。于是，他迅速搜集了 90 多枚这样的邮票，并在每枚后面附言，"尼加拉瓜火山活动的官方见证"，然后分别寄给美国国会的各位议员。果然，一枚小小的邮票发挥作用了，议员们否决了尼加拉瓜线路。1914 年，由美国人建造的巴拿马运河正式通航。

小事不可小视

／／／

小事与大事是密切关联的，有时小事会影响大事，甚至决定大事。正是在这种意义上说，小事不可小视。人们常说，把小人物当成大人物处，就没有处不好的人；同样道理，把小事当成大事办，就没有办不好的事。

《战火中的女孩》

1972年6月8日，这是越南战争中的普通一天，但对于越南女孩潘金福来说，却是永生难忘的一天。这天，美国轰炸机向越南南部西宁省壮庞村投下凝固汽油弹，点燃了金福的衣服，并很快烧焦了她的脖子、后背和左臂的皮肤。她脱下燃烧的衣服，哭喊着奔跑。这一幕正好被具有反战情绪的摄影记者黄功

《战火中的女孩》，黄功吾摄

吾看到，他立即按下快门，拍下了这幅举世闻名的新闻照片《战火中的女孩》。

第二天，美国《纽约时报》在头版刊登了这幅照片，将越南战争对无辜平民、特别是妇女儿童的残酷伤害，真实具体直观地展示在世人面前，激起了全美规模更加巨大的反战浪潮。这张照片发表7个月后，《关于在越南结束战争、恢复和平的协定》签署，由美国直接参与的越南战争宣告结束。后来，这幅照片获得美国普利策奖。

用道理统领故事，用故事说明道理

有些事情越直观具体、越真实可信，比起讲空洞的道理更能打动人、影响人。因此，要注意讲道理与讲故事相结合，用道理统领故事，用故事说明道理。

勇救希特勒

1894年1月，居住在德国帕绍市、刚刚4岁的希特勒，因幼儿园临时放假，租住在约翰·库赫博格家中，并同年龄相仿的库赫博格成为了玩伴。转眼间，希特勒为期半个月的租住日子即将结束。在离开的前一天，希特勒决定再次和库赫博格等小伙伴玩牛仔与印第安人打仗的游戏，结果如往常一样，仍然是他指挥的牛仔一方取得了胜利。兴奋的希特勒一边呼喊"我又赢了"，一边在河边狂奔，不料被一块石头绊倒，跌入了冰冷的河里。不会游泳的希特勒拼命挣扎时，库赫博格不顾一切跳入水中，救起了险些被淹死的希特勒。

约翰·库赫博格

很多年后，希特勒成为德国纳粹的头子，并发动了第二次世界大战，造成数千万人死亡。库赫博格则担任了德国柏林大教堂的神父，成为人们眼中仁慈善良的化身。然而，库赫博格一生都在为儿时勇救希特勒的好事忏悔，正如德国作家安娜·伊丽莎白·罗斯姆斯在《离开帕绍——离开希特勒称之为家的城市》一书中所评论的："库赫博格的见义勇为，可能是历史上最具毁灭性的仁慈之举，甚至改变了历史进程。"

人们的责任是阻止其向坏事发展条件的形成

正如坏事在一定条件下可以转化为好事，好事在一定条件下也可以转化为坏事。但是，在这一定条件出现之前，好事还是好事，人们的责任是阻止其向坏事发展条件的形成，而不是批评先前的好事，甚至拒绝再做先前的好事。

为官与官德

激发员工工作积极性最大的动力是什么?有人说是薪水,有人说是职级,有人说是荣誉,等等。美国经济学家詹姆斯在深入调研基础上发现,公正是最大的动力。领导者要密切联系员工,但又不能搞小圈子,尤其不能发展为所谓零距离的哥们姐们关系,否则就会失去应有的公正。正是在这种意义上说,没有距离就没有领导。

谁是雷锋的榜样

1963年3月5日,毛泽东主席发出"向雷锋同志学习"的号召后,雷锋成为全国人民学习的榜样,影响了一代又一代中国人。那么,雷锋由一名普通农民子弟,成长为全国人民学习的榜样,他当初又是学的谁呢?

1956年,16岁的雷锋到湖南望城县委当公务员。有一次,

雷锋

他跟县委书记张光玉去开会，看到路上有颗螺丝钉，张光玉书记便捡了起来，装进了口袋。又有一次，雷锋跟张光玉书记下乡，发现一位农民家里穷得揭不开锅，张光玉书记就掏出仅有的20元钱给了农民。1960年雷锋入伍第一天晚上就生病发烧，营长来查铺，脱下自己的棉大衣给他盖上，并连夜叫来医生为他诊治，雷锋感动得泪水湿了枕头。有一回雷锋主动向灾区捐款，团政委韩万金得知后，热情宣传他为国分忧的精神，而对自己把工资捐给灾区的事却只字不提。可以说，雷锋逐步成长为伟大的共产主义战士、全国人民学习的榜样，领导模范行为所产生的潜移默化影响，无疑是一个十分重要的因素。

领导就是榜样

过去常说，村看村，户看户，群众看干部，这是有道理的。领导在社会生活中有着很强的示范作用，其一言一行、一举一动都会对群众产生不可估量的影响。因此，领导就是榜样。想让群众成为什么样子，领导自己要先做出样子。

李绅其人

唐代李绅虽出生于官宦之家,但幼年丧父,由母亲拉扯大。青年时,李绅目睹农民终日劳作而难得温饱,以同情之心和感慨之情,写下了千古传诵的《悯农》诗二首:"锄禾日当午,汗滴禾下土。谁知盘中餐,粒粒皆辛苦。""春种一粒粟,秋收万颗子。四海无闲田,农夫犹饿死。"因此,李绅被誉为"悯农诗人"。

李绅像

806年中进士后,李绅步入仕途,但其言行却判若两人。李绅担任淮南节度使时,完全不见了对百姓的怜悯之心,露出了一副酷吏嘴脸,致使百姓惊恐不安,纷纷逃亡。而当下属向他报告"户口逃亡不少"时,他却说:"你见过用手捧麦子吗?那些颗粒饱满的总在下面,那些秕糠才随风而去,这事就不用报告了。"在李绅的眼里,百姓与秕糠无异。李绅在生活上也十分奢侈,喜欢吃鸡舌,每次需宰杀300多只鸡。因此,李绅被骂为欺农酷吏。

不仅要将百姓疾苦挂在嘴上,写在纸上,更要放在心上,体现在行动上

百姓是官员存在的基础,服务的对象。避免成为从悯民到农骂的李绅式人物,就不仅要将百姓疾苦挂在嘴上,写在纸上,更要放在心上,体现在行动上。

晏子辞退高僚

春秋时期,高僚在齐国宰相晏子手下做了三年事,从来没有出过什么差错,晏子却突然把他辞退了。晏子左右的人劝阻说:"高僚已经给您服务了三年,一直没有给他一官半职,现在还要辞退他,这合乎道义吗?"晏子说:"我是一个有缺点错误的人,需要大家帮衬才能把国家治理好。可到现在为止,高僚在我身边工作整整三年了,从来没有说过一句纠正我办事失误的话,这就是我辞退他的原因。"

晏子像

延伸

优秀的领导离不开优秀的下属

优秀的领导离不开优秀的下属。如果说,凡事说"不"的不是好领导,那么,凡事说"是"的则不是好下属。优秀的下属不是曲意逢迎,而是敢提意见建议,包括指出领导的过失,这才是真正为领导负责。

史上最长时间的道歉

2009年7月，里卡多·马蒂内利·贝罗卡尔就任巴拿马总统后，决定对本国不太精致的护照进行重新设计制作。2010年，国家护照管理部门设计并制作了几本精美的护照样品，得到总统赞赏和批准，并以最快速度印制使用。10月3日，稍有空闲的里卡多再次从抽屉里取出护照样品欣赏时，突然发现了

里卡多

一个细微的错误，图中国徽的丁字镐印成了长柄方锤。里卡多立即指示护照管理部门予以更正并重新印制，同时要求统计这些护照的使用数量，竟然多达 4 万份。这意味着，由于总统审查时的大意，已经有 4 万人开始使用国徽出错的护照。里卡多决定第二天发表全国电视讲话，公开向这 4 万人道歉。

2010 年 10 月 4 日晚上 19 点，里卡多走上讲台，先介绍了道歉原因，然后拿起写有 4 万人的名单，开始念每一个人的名字，逐一进行道歉。他的电视道歉打动了整个巴拿马，甚至打动了身在国外的巴拿马人，他们纷纷打电话表示已经原谅了总统，劝总统停止道歉。当里卡多接受民众的建议，走下讲台时，已经是晚上 11 点了，整个电视道歉持续了 4 个小时。

领导人犯了错误勇于承认并改正，不会降低威信

世界上只有两种人不会犯错误，没有出生的人和死去的人。领导人也是人，也会犯错误，犯了错误勇于承认并改正，不仅不会降低威信，反而会得到更多民众的拥戴。

饱受批评的签名

美国军方有这样一个惯例,为了向阵亡的美军官兵家属表示慰问和哀悼,军方都要发出吊唁信,并由国防部长亲自在信上签名。可是在 2004 年军方发出的吊唁信上,国防部长拉姆斯菲尔德却偷了个懒,他用的全是机器复制的签名。

拉姆斯菲尔德

这件事被曝光后,拉姆斯菲尔德在国会上遭到围攻。议员们就机器代签事件指责他"冷漠无情",说他这样做是对阵亡官兵家人"缺乏起码的尊重",还说"那些阵亡士兵的家人只是希望能从吊唁信上看到国防部长还能抽出时间想到死去的这个年轻人,哪怕这种关心只用了很短的时间,可是他却漠视这个小小的愿望"。饱受批评的拉姆斯菲尔德立刻发表声明,保证从现在开始,每一份经他手发出的吊唁信都将有他的亲笔签名。

延伸 YANSHEN

领导干部要防止离群众的心远了

时代在发展,科技在进步,机器更先进,但永远无法代替人的真情实感。所以,领导干部要防止同群众交往的工具先进了,但与群众的情淡了,离群众的心远了。

许光达的降衔申请

1955年,中国人民解放军正式实行军衔制,共分4等14级,4等是元帅、将官、校官和尉官,其中将官又有大将、上将、中将、少将四级。装甲兵司令员许光达听说自己被授予只有10人的大将军衔时,除了高兴,更多的是不安。

许光达

9月10日，他给中央军委主席毛泽东和各位副主席写了这样一封言辞恳切的降衔申请报告："授我以大将衔的消息，我已获悉。这些天，此事小槌似的不停地敲击心鼓，我感谢主席和军委领导对我的高度器重。高兴之余，惶惶难安。我扪心自问，论德才资功，我佩戴四星，心安神静吗？此次，按新民主主义革命时期的功绩授勋。回顾自身历史，1925年参加革命，战绩平平。1932—1937年，在苏联疗伤学习，对中国革命毫无建树。而这一时期是中国革命最艰难困苦的时期，蒋匪军数次血腥的大围剿，三个方面军被迫作战略转移。战友们在敌军层层包围下，艰苦奋战，吃树皮草根，献出鲜血生命。我坐在窗明几净的房间喝牛奶、吃面包。自苏联返回后，有几年是在后方。在中国人民解放军的行列里，在中国革命的事业中，我究竟为党为人民做了些什么？对中国革命的贡献，实事求是地说，是微不足道的。不要说同大将们比，心中有愧，与一些年资较深的上将比，也自愧不如。和我长期共事的王震同志功勋卓著：湘鄂赣竖旗，南泥湾垦荒；南下北返，威震敌胆；进军新疆，战果辉煌……为了心安，为了公正，我曾向贺（龙）副主席面请降衔。现在我诚恳、慎重地向主席、各位副主席申请：授我上将衔。另授功勋卓著者以大将。"

中共中央政治局审议元帅和大将名单时，彭德怀宣读了许光达的降衔申请报告。毛泽东听后说："这是一面明镜，共产党人自身的明镜！"说完，他站起身来，边走边说："不简单哪！金钱、地位和荣耀，最容易看出一个人，古来如此。"

领导在名利面前退一步,他的威望就进一步

///

古今中外无数事实证明,成为一个受群众拥戴的领导者,秘诀有两条,一是吃苦,二是吃亏。领导在名利面前退一步,他的威望就进一步。

暂时回避

1976 年,世界报业大亨鲁伯特·默多克召开收购美国《纽约邮报》首次会议。正当他站在台上讲话时,会议室里响起了急促的电话声,与会者的目光都转向了墙角的应急电话。默克多无奈地停了下来,示意离电话机最近的人去接。"医院打来的,说是找艾伦有急事。"那人说完,与会者的目光又都转向了年轻记者科尔·艾伦。艾伦紧张地站起身,对台上的默多克解

默多克

释说："怕是我妻子要生了，实在对不起。"出乎艾伦和与会者意料的是，默多克一边示意艾伦赶快去接，一边压低嗓门对与会者说："既然是他家里的事，我们还是暂时回避吧。"说完便率先往外走，其他100多位与会者也依次退出了会议室，直到艾伦接完电话才返回。

再次出乎艾伦和与会者意料的是，默克多重新站在讲台时，说了这样一番话："谢谢你为我创造了时间，让我可以把报纸的未来想得更清楚。"然后他用最简短的话结束了会议，并走向艾伦说："现在你可以去照顾你的妻子了。"默多克对下属的尊重和关心，使艾伦和与会者深受感动。经过努力工作，30年后艾伦当上了《纽约邮报》总编辑。

延伸 YANSHEN

领导的艺术是给人希望的艺术

希望是人们前进的动力，有希望才有盼头，有盼头才有劲头。这决定了领导的艺术是给人希望的艺术。人们的希望是多种多样的，因而领导既要关心下属的学习、工作，也要关心他们的生活。实践一再证明，领导关心下属，下属就会更加关心工作。

曼德拉总统就职典礼上的特殊嘉宾

1994年5月10日，南非第一任黑人总统纳尔逊·曼德拉就职典礼隆重举行。曼德拉在致辞中说："能够接待这么多尊贵的客人，我深感荣幸。可更让我高兴的是，当年陪伴我在罗本岛度过艰难岁月的3位狱警也来到了现场。"随即他把格里高等3位特殊嘉宾介绍给大家，并与他们一一相拥，会场中爆发出了经久不息的掌声，而这让格里高等3位狱警感到无地自容。

曼德拉在就职典礼上讲话

原来，曼德拉因投身非洲人民解放事业，于 1962 年至 1990 年被南非当局关进监狱，其中有 18 年是在罗本岛监狱度过的，而在这里看管曼德拉的狱警正是格里高等 3 人。因为曼德拉是政治要犯，格里高等 3 人经常侮辱他，动不动就用铁锹痛殴他，甚至故意往他的饭里倒泔水。

就职典礼结束后，曼德拉再次走近格里高说："在走出囚室，经过通往自由的监狱大门那一刻，我已经清楚，如果自己不能把悲伤和怨恨留在身后，那么其实我仍在狱中。"这番话使格里高泪流满面，并感动了无数的人。

延伸 YANSHEN

具有宽言乃至宽恕的品格，是实现最大限度团结的重要条件

///

把拥护的人搞得多多的，把反对的人搞得少少的，形成团结奋斗的强大力量，是领导者的重要职责。而具有宽容乃至宽恕的品格，则是实现最大限度团结的重要条件。

拒绝成为朋友

艾尔弗雷德·斯隆担任美国通用汽车公司总裁长达 23 年，使之迅速成为全球最大的汽车公司，与通用电气的杰克·韦尔奇并称 20 世纪最伟大的首席执行官，并被誉为"管理学界的现代化组织天才"。

斯隆

斯隆成功的要诀之一，就是在公司内部坚持等距离交往原则，拒绝和任何一个人成为超过工作关系的朋友。如果想和他成为真正意义上的朋友也可以，就是离开通用汽车公司。斯隆是这样想的，这样说的，也是这样做的。他从不邀请同事去他家做客，也不接受到其他同事家做客的邀请。他不与公司里任何一个人吃饭，除非是公司安排的工作聚餐。他酷爱户外运动，但和他一起徒步旅行、钓鱼的人，都不是通用汽车的同事。一些人对他这种近乎无情的做法十分不解，他解释说，一位公司领导人如果在内部和其他人是朋友，那就不可能让自己保持公正。因此，保持距离，这是职责使然。

公正是最大的动力

激发员工工作积极性最大的动力是什么？有人说是薪水，有人说是职级，有人说是荣誉，等等。美国经济学家詹姆斯在深入调研基础上发现，公正是最大的动力。领导者要密切联系员工，但又不能搞小圈子，尤其不能发展为所谓零距离的哥们姐们关系，否则就会失去应有的公正。正是在这种意义上说，没有距离就没有领导。

一场震撼人心的音乐会

周恩来的一生，是鞠躬尽瘁、死而后已，全心全意为人民服务的一生，在广大人民群众中赢得了"人民的好总理"等崇高称号，甚至在他逝世多年后，人民群众还是那样深情地怀念他、爱戴他。

怀念周恩来音乐会

2008年3月28日，也就是周恩来逝世32周年后，当80岁的人民歌唱家郭兰英在人民大会堂举办的怀念周恩来音乐会上演唱《绣金匾》时，郭兰英掩面痛哭，台下观众热泪盈眶，特别是当舞台背景出现管易文等人怀念周恩来的视频时，全场更是爆发出了经久不息的掌声。延安农民雷治富说，周总理"确确实实一生无私无畏，就是为了中国人民的解放事业，就是没有他自己"。张学良将军说："在中国人里我佩服的几个人，周恩来是第一个。"中国佛教协会原会长赵朴初说："一个人去世以后，我看（即使是）父母嘛，三年过去了，也就（不）哀痛了。他不是，他长期令人还想着他，这个少啊！"管易文是当年在天津和周恩来一起参加觉悟社革命斗争的百岁老人，对朝夕相处的亲人都已经失去了辨别能力，但当看到周恩来照片时，竟然发生了这样的奇迹，他连续高喊三声："音容宛在，永别难忘！音容宛在，永别难忘！！音容宛在，永别难忘啊！！！"

延伸 YANSHEN

忘掉自己的人，是最容易让人记住的人

///

忘掉自己的人，是最容易让人记住的人。让千千万万人记住的周恩来，生动诠释了好官的三种境界：一是当面说你好，背后还说你好；二是在任时说你好，离任后还说你好；三是在世时说你好，去世后还说你好。

创新与创造

世界上有些事情就是这样奇怪,骄傲是成功下的蛋,孵出来的却是失败。特别是,创新创造事业永远是朝阳事业,无论你曾经取得了什么成就,有多么高的地位和声望,如果骄傲自满、故步自封、思想僵化,都必然会落伍,甚至会成为创新创造事业的障碍。

淘金热与牛仔裤

1849年加利福尼亚发现金矿后,美国沸腾,世界震动,成千上万的人涌向那里,出现了近乎疯狂的淘金热。由于淘金劳动强度大,衣服极易磨损,人们迫切希望有一种经磨耐穿的衣服。

利维·斯特劳斯

被淘金热席卷进来的，不仅有美国人，还有外国人，甚至正处在读书年龄的德裔犹太人利维·斯特劳斯也追随兄长到美国做起了小贩。1853年的一天，利维搭船到旧金山贩卖用作帐篷的帆布等商品，途中遇到一位淘金矿工告诉他，他们最需要的不是帐篷，而是经磨耐穿的裤子。于是，他和那位矿工来到裁缝店，用帆布给他做了一条裤子，这就是世界上第一条牛仔裤。1855年，利维用更结实的靛蓝色粗斜纹布代替帆布制作牛仔裤，并用铜钉加固裤袋和缝口。这种坚固美观的牛仔裤进一步适应了淘金矿工的需求，大批订单纷至沓来。

需求是发明创造的原动力

／／／

需求是发明创造的原动力。因此，社会生产生活中遇到的问题，就是发明创造的课题，解决的问题越多，发明创造的成果越多；解决的问题越大，发明创造的成果越大。

胸罩肩带是谁发明的

　　如果有人问你,《百万英镑》《哈克贝利·费恩历险记》《汤姆·索亚历险记》是谁的作品？你一定会毫不迟疑地回答,美国著名作家马克·吐温。如果有人又问你,女性胸罩肩带是谁发明的？你十之八九答不上来。因为你很难想到,它同样出自马克·吐温之手。

马克·吐温

1870年马克·吐温结婚后,次年就发明了"服装带"并获得专利。《大西洋月刊》专门刊文介绍了这项发明,并引用他的话说:此项发明的精髓在于它是一种可调节长短、可拆分的松紧带,这种松紧带可用于女性背心等服饰。他预测,采用了这种服装带的服饰将在市场上具有绝对的竞争优势。果然不出马克·吐温所料,这项发明后来广泛应用于女性胸罩肩带,至今仍影响着女性的生活。

创新创造并不神秘

有些人视创新创造为畏途,总认为这是专家才能胜任的工作,这实在是一种误解。实践表明,创新创造并不神秘,人人可以创新,事事可以创新,时时可以创新。

打赌引出的发明

1872年的一天,美国铁路大王利兰·斯坦福和一个人打赌——马奔跑时四蹄是否着地?斯坦福认为四蹄是腾空的,那人则认为总有一只蹄子着地。他们先是请来一位驯马高手裁决,但人眼无法看清快速奔跑的马是如何运动的,所以驯马师难以判定谁是谁非。于是,他们又请英国摄影师麦布里奇在跑道边

利兰·斯坦福

安置了24架照相机，拍下了马快速奔跑时的24幅照片，组成了一条连贯的照片带，终于看清了马在奔跑时总有一蹄着地，斯坦福输了。

打赌结束了，但裁定输赢的奇特方式引起了一些人的兴趣。一次，有人快速牵动麦布里奇拍摄的照片带，结果眼前出现了令人惊奇的一幕，照片中原本静止的马居然动了起来。生物学家马莱觉得麦布里奇的摄影方式不够实用，因而在1888年研制成功了"固定底片连续摄影机"，这就是现代摄影机的鼻祖。又经过许多人的研制、改进，1895年电影诞生了。

善于抓住稍纵即逝的机会

创新创造是探索未知的艰难过程，其间充满了不确定性。善于抓住稍纵即逝的机会，从偶然中找出必然，就有可能有新的创造和发明。

险些被"枪毙"的世界名曲

《莫斯科郊外的晚上》是由苏联作曲家瓦西里·索洛维约夫·谢多伊创作的一首爱情歌曲,也是一首传唱不衰的世界名曲。可是谁又知道,这首歌曲在送审过程中险些被"枪毙"扔进废纸篓。

邮票上的谢多伊

那是在 1956 年,苏联将举行全国运动会,与之相配合,莫斯科电影制片厂准备拍摄一部大型文献纪录片《在运动大会的日子》，并考虑在其中穿插一些新创作的歌曲来强化效果。制片厂首先想到的就是苏联最具盛名的作曲家谢多伊。谢多伊有这样一个观点，只有当人们在歌曲里寻找到自己思想和情绪的旋律，这样的歌才会受人欢迎。因此，他突破常规，没有写成进行曲，而是写出了《莫斯科郊外的晚上》这首爱情歌曲。令他没有想到的是，这首歌在制片厂审听时，有关负责人认为不符合运动会的风格，并批评他说："真没想到您这样一位著名作曲家会写出这样的东西来。"后来，在无法重写的情况下，制片厂勉强选用了这首歌曲。这回让制片厂没有想到的是，影片上映后，这首歌竟然成为该片最大的亮点，并在很短时间内风靡全国，特别是在第二年于莫斯科举行的世界青年联欢节上受到各国青年的喜爱，成为世界名曲。

打破常规是创新创造的重要条件

常规是长期社会实践中沉淀下来经常实行的规矩，但任何常规都有其适用范围和局限，有时还可能会成为人们创新创造的束缚。创新创造的核心要素是新，因而打破常规是创新创造的内容，也是重要条件。

薄饼冰激凌

1904 年 4 月 30 日至 12 月 1 日，世界博览会在美国圣路易斯举行，吸引了来自世界各地 1 960 万参观者，也给许多商贩提供了商机。来自西班牙的小贩哈姆威，获准在会场外摆摊出售薄饼。夏日的一天，和他相邻卖冰激凌的小贩生意红火，很快就把装冰激凌的小碟子用完了。正当这位小贩为此犯愁的时候，热心的哈姆威把自己的薄饼卷成锥形，让他盛放冰激凌。这位小贩接受了哈姆威的好意，大量的薄饼冰激凌出现在顾客

薄饼冰激凌

们的手中，并且得到普遍认可和喜爱。后来，人们又在薄饼冰激凌基础上创新发明了现在的蛋卷冰激凌。

创新的两种基本类型

仅仅给冰激凌添加了一个薄饼，为什么就是创新？创新的内涵就是抛弃旧的、创造新的，具体包括两种基本类型，一种叫无中生有型，这是一种原创性创新；一种叫有中生有型，这是一种完善性创新。薄饼冰激凌属于后者，这是一种更为大量普遍的创新。

知无不言

20世纪50年代初,人们已经知道构成物质的分子是由原子组成的,原子是由电子、原子核组成的,原子核又是中子、质子组成的,其中电子、中子、质子都被称为基本粒子。当时,实验物理学面临的最大课题之一,就是如何直接观测到基本粒子。美国加州大学伯克利分校著名实验物理学家路易斯·沃尔特·阿尔瓦雷茨,也正致力于攻克这一难题。

格拉泽(左)与阿尔瓦雷茨(右)

有一年，阿尔瓦雷茨出席美国物理学年会时，碰到了密歇根大学物理系青年教师唐纳德·阿瑟·格拉泽，并进行了简短交流。尽管是初次见面，格拉泽还是毫无保留地告诉阿尔瓦雷茨，他受啤酒冒气泡的启发，产生一个建造气泡室的想法，并认为用这个装置可以探测到基本粒子。这使阿尔瓦雷茨茅塞顿开，回去后和同事经过几年努力，终于做出了液氢气泡室，并且观测到了基本粒子，将格拉泽的想法变成了现实。尽管阿尔瓦雷茨研制的气泡室同格拉泽最初设想有很大变化，如乙醚换成了液氢，体积也大了不少，但他始终认为原始创新思想来自于格拉泽，1960年的诺贝尔物理学奖也授予了格拉泽。

学术道德是创新创造的重要保障

学术道德是创新创造的重要保障，完善制度又是学术道德的重要保障，只有这两个保障都落实了，创新创造氛围才能形成，创新创造成果才能大量涌现，创新创造人才才能健康成长。试想，如果没有良好的学术道德做保障，格拉泽怎么能够毫无顾忌地将自己的新思想告诉阿尔瓦雷茨呢？

日本现象

自 1949 年汤川秀树获得诺贝尔物理学奖后，到 2018 年，日本已有 24 人获此殊荣（不包括日裔外籍人士）。特别是进入 21 世纪后，日本获得诺贝尔奖的就有 18 人，仅次于美国，位列全球第二名。2001 年日本提出"50 年 30 个诺贝尔奖"的计划，目前已完成过半，因而被人们称为"日本现象"。

钞票上的野口英进

"日本现象"引起了中国等许多国家的关注，普遍认为形成"日本现象"的原因是多方面的，诸如：国家加大对科研的投入，其中 2005 年至 2015 年科研经费平均达到日本国内生产总值的 3%，居发达国家之首；崇敬科学家的浓厚氛围，1 000 日元上的人物头像就是日本著名生物学家野口英进；等等。除此之外，特别重要的一点是，日本形成了金字塔结构的人才队伍：首先是全民阅读的良好习惯，形成了科学研究的后备人才大军；其次是重视培养各领域高素质研究团队，形成研究高地；最后以此为基础，形成冲击诺贝尔奖的顶尖人才。

> **延伸 YANSHEN**

山高赖于基厚

山高赖于基厚。没有青藏高原做基础，很难出珠穆朗玛峰；没有庞大的创新创造群体做支撑，很难出诺贝尔奖级的人才和成果。

死亡日记

1957年9月25日下午13点半，美国林肯公园动物园将一条幼蛇送到芝加哥菲尔德自然博物馆，请著名爬虫学家卡尔·帕特森·施密特和他们的同事鉴别。正当施密特试图从同事手中接过这条蛇，以便做进一步观察时，这条蛇咬伤了施密特的右手拇指。施密特和他的同事认为，这是一条普通的非洲树蛇幼体，虽然有毒，但绝大多数不会对人体造成伤害，况且并没

《芝加哥论坛报》对施密特之死的报道

有出现通常的急性中毒症状，判定这只是一个轻微的咬伤。所以，施密特决定不到医院救治，而是将这次事故当成观察人体对蛇毒反应的难得机会，把症状记录下来，作为第一手体验资料，以推动相关问题的科学研究。

施密特的记录从当天下午 16 点半开始，一直持续到第二天上午，记录了先是口腔黏膜出血，继而尿中出血，然后肛肠出血等症状。9 月 26 日上午 10 点半，博物馆馆长给在家中休息的施密特打来电话，询问是否看了医生。施密特回答："不，那会干扰症状。"不幸的是，中午饭后，施密特开始呕吐，不久呼吸困难，15 点被送到医院抢救，15 点 15 分停止了呼吸。《芝加哥论坛报》连续 3 天报道了施密特的情况，并将他用生命写成的记录称为"死亡日记"。

创新创造是一项极其艰难而崇高的工作

／／／

创新创造是一项极其艰难而崇高的工作，也是具有很大风险的探索，不仅需要有敬业精神、拼搏精神、奉献精神，甚至还需要有献身精神。

爱迪生的败笔

世界发明大王托马斯·阿尔瓦·爱迪生个人名下发明专利就有 1 093 项，其中最著名的是 1879 年发明了电灯。有了电灯之后，接下来的问题是如何将电从发电厂送到千家万户，从而将灯点亮。

爱迪生（左）与斯特拉（右）

爱迪生通用电气公司的另一个发明家尼古拉·斯特拉认为，交流电可以解决远距离传输问题，并表示自己可以制造交流发电机。但在发明界如日中天的爱迪生，根本听不进给自己打工的斯特拉的意见,傲慢而固执地坚持采取直流输电方式。无奈,斯特拉只好离开了爱迪生的公司,很快获得了交流输电专利,并将这项专利卖给了西屋公司。爱迪生为了使自己主张的直流输电方式占上风,大肆制造交流电不安全的舆论。然而,由于交流电的优势非常明显,西屋公司的交流输电技术在电力市场取得了主导优势,爱迪生通用电气公司不得不与另一家公司合并,新成立的公司去掉了爱迪生的名字,更名为通用电气公司。这成为爱迪生一生中最大的败笔。

创新创造事业永远是朝阳事业

世界上有些事情就是这样奇怪,骄傲是成功下的蛋,孵出来的却是失败。特别是,创新创造事业永远是朝阳事业,无论你曾经取得了什么成就,有多么高的地位和声望,如果骄傲自满、故步自封、思想僵化,都必然会落伍,甚至会成为创新创造事业的障碍。

钱学森降职

1956年初,钱学森回国不过数月,即向中共中央、国务院提出《建立我国国防航空工业的意见书》,并获采纳。同年10月6日成立了专门研制火箭和导弹的国防部第五研究院,任命钱学森为院长。但四年后的1960年3月18日,钱学森在第五研究院的职务发生变动,由院长降为副院长。这并非上级机关和领导对他不信任,也不是他不能胜任,而是为了更好地发挥其作为著名科学家的科研才干,专心致志地领导和直接参与科

钱学森

研工作，从大量具体行政事务中解脱出来。特别是这次降职是由钱学森本人提出来的，上级机关和领导不过是尊重了他的意见。

事实证明，钱学森的意见是正确的。在钱学森降职后的 10 年间，我国第一颗原子弹于 1964 年 10 月 16 日爆炸成功，第一颗氢弹于 1967 年 6 月 17 日爆炸成功，第一颗人造卫星于 1970 年 4 月 24 日发射成功，而钱学森也并没有因为是副职人们就忽视了他的巨大贡献，相反却被赞誉为中国航天之父、中国导弹之父。

不能用人的长处，便是自己的短处

／／／

不能用人的长处，便是自己的短处。这应当引起每个用人单位的警觉。创新创造人才取得一定成就后，给予一定奖励和待遇是应该的。但不宜人皆为官，安排担任名目繁多的领导职务，而应人尽其才，支持其用更多精力在创新创造领域做出新的贡献。

生财与用财

张说的《钱本草》值得人们研究思考,因为它揭示了人们离不开金钱,即钱不是万能的,但没有钱是万万不能的;又揭示了金钱也能害人,即人不能把钱带进坟墓,但钱能把人带进坟墓;更揭示了取用金钱的原则方法,即君子爱财,取之有道,用之有度。

犄角旮旯里的商机

美国斯坦福大学学生默巴克家境贫寒，主动承担了打扫学生公寓卫生的工作，赚取微薄收入以补贴学习之用。他在打扫公寓时，经常会在墙角和床铺下面清扫出一些硬币，问是谁丢失的时，同学们都不屑一顾，有的干脆说，你不嫌弃就拿走吧。一个月下来，默巴克把捡到的硬币清理了一下，没想到竟有500美元之多。他觉得小额硬币被白白扔掉是个问题，于是分别给国家银行和财政部写信反映情况。财政部在回信中告诉他，

硬币兑换机

国家每年有 310 亿美元的硬币在市场上流通，其中有 105 亿美元的硬币被丢弃在沙发缝、地毯下、汽车垫下、抽屉角落等犄角旮旯的地方，虽然多次呼吁人们爱惜硬币，但收效甚微，并表示他们也无能为力。

这样的答复虽说让默巴克有些沮丧，但也让这个有心人看到了潜在的商机。1991 年毕业后，他成立了硬币之星公司，购买了自动换币机，安装在一些超市。顾客每兑换 100 美元硬币，他会收 9% 的手续费，所得利润按比例与超市分成。硬币之星公司的出现，大大方便了顾客和超市，因而生意十分红火。默巴克乘势而上，迅速将业务扩展到整个美国，到 1996 年共在 8 900 家超市设立了 10 800 个自动换币机，硬币之星成为纳斯达克的上市公司，默巴克本人也成为了亿万富翁。

要成为有钱人，先要成为有心人

有人说，这是一个有钱人的世界，其实这更是一个有心人的世界。因为，要成为有钱人，先要成为有心人，只要有心，商机无处不在。

法拉利的经营理念

1947年,赛车手出身的意大利人恩佐·法拉利创办了法拉利汽车公司,生产出第一辆法拉利跑车。同年5月25日,法拉利跑车就在卡拉卡大赛中赢得了罗马大奖赛冠军。此后,法拉利跑车所向披靡,又赢得了众多世界顶级赛事的冠军,一举成为赛车领域的翘楚,以致供不应求。就在公司上下都认为应该增加产量时,恩佐却决定控制产量。他就此解释说:"如果我们

恩佐·法拉利

控制了产量，市场上就不会遍布法拉利的身影，法拉利新老车主的跑车也会因此变得更为稀有，更为保值，车主也会更加荣耀；反之，如我们不控制产量，让法拉利跑车到处都是，那么谁还会以拥有它为荣呢？"

1988年恩佐去世后，法拉利公司依然传承恩佐控制产量的经营理念，并且坚信，增产是短视之举，控制产量才是占领未来市场的明智之举。因此，尽管年产量根据市场需求会有所提高，但时至2017年度，也仅销售了8 000多辆，法拉利始终是世界上最好的跑车。

延伸 YANSHEN

小钱是大钱的祖宗

///

如果说小钱是大钱的祖宗，不嫌小钱，才能积小成大；那么，远钱就是近钱的保镖，着眼长远，生财才有保障。

小气的王永庆

王永庆是台塑集团创办人,也是世界级富翁。据福布斯公布的王永庆的身价,到他 2008 年去世那年为 68 亿美元。

王永庆

被誉为台湾"经营之神"的王永庆,其经营之道是什么呢?先看他制定的一项企业规定:员工的圆珠笔写不出字了,必须拿用完的旧笔芯,才能换得一根新笔芯。在许多人看来,台塑这么有钱,这样做不是太小气了吗?王永庆不这样看,他认为这是台塑的重要企业精神。他经常这样对员工说:"虽是一分钱的东西,也要捡起来加以利用,这不是小气,而是一种精神,一种警觉,一种良好的习惯。"可以说,台塑的成长壮大,既是开源的结果,也是节流的结果。

省钱就是赚钱

生财无非是两种方法,一种是向外赚别人的钱,一种是向内省下自己的钱。省钱看似小气,却能大发。省钱就是赚钱。

少得上百亿港元

2007年11月，阿里巴巴网络有限公司在香港上市前，董事局主席兼首席执行官马云和他的团队预定发行价是每股12港元。然而，在香港的路演情况大大好于预期，一些香港人反映，发行价定在每股24港元都会认购。经测算，如果把发行价提高到每股24港元，将比预期多出120亿港元。这是多好的发财机会呀！

阿里巴巴网络有限公司于香港上市

但是，马云当晚召集团队开会，决定将发行价定在每股13.5港元，比原先预定发行价只提高1.5港元。难道马云他们不知道资金对阿里巴巴的重要吗？当然不是。谁都知道，1999年3月马云和他的团队创办阿里巴巴时，只有50万元人民币，办公场所就是马云自己的住房。但为什么放着多出来的上百亿港元不要呢？马云对他的团队是这样说的："人要在诱惑面前学会拒绝，贪婪一定要付出代价，甚至是自己的生命。"

发财欲望这匹烈马，缺少的不是鞭子，而是缰绳

老子说："知止不殆。"这对于生意场同样是适用的。发财欲望这匹烈马，缺少的不是鞭子，而是缰绳。

宁死也不动用货物

1596年5月10日,荷兰船长威廉·巴伦支率领17名船员,装着委托人的货物出航了。此行的主要目的,是开辟一条从北面到达亚洲的航线,出售荷兰的商品。

威廉·巴伦支像

不幸的是,当他们历经千辛万苦于8月26日抵达北极圈的新地岛时,被冰封的海面困住了,并且船只严重受损,不得不在岛上过冬,等待来年春天返航。这里的冬天,长达3个月不见太阳，温度低于零下40℃，生存条件极其严酷。巴伦支船长带船员搭棚、挖洞居住，打猎充饥，甚至不得不拆掉船板取暖，在生死线上苦苦挣扎。终于有8名船员坚持不住，在严寒、饥饿和病痛中死去。实际上，船上的货物中就有衣服和药品，只要打开取用，就可以挽救生命。但是，巴伦支船长和船员做出的决定是，宁死也不动用货物。

冬去春来，到了1597年6月13日，幸存的巴伦支船长和9名船员终于脱身返航，把货物完好无损地交到货主手中。遗憾的是，巴伦支船长在返航途中病逝。他们的做法震惊了整个欧洲和世界，并且使荷兰赢得了海运贸易的世界市场。

诚实守信是生财的法宝

诚实守信是商场的基石，也是生财的法宝，值得用生命来捍卫。

胡庆余堂的店训

1878年，胡雪岩在浙江杭州开办了胡庆余堂中药店，并制定了"戒欺"的店训，刻于匾上高挂在堂上。为了加深店员对店训的认知，胡雪岩特别写了如下内容的跋："凡百贸易均着不得欺字，药业关系性命，尤为万不可欺。余存心济世，誓不以劣品弋取厚利，惟愿诸君心余之心，采办务真，修制务精，不

"戒欺"匾

至欺予以欺世人,是则造福冥冥,谓诸君之善为余谋也可,谓诸君之善自为谋亦可。"

胡雪岩把"戒欺"的店训渗透到了经营活动的方方面面,特别是始终坚持"采办务真,修制务精"。胡庆余堂有一味药叫"局方柴雪丹",是镇惊通窍的急救药。因该药在制作过程中易与铜或铁发生化学反应,为确保药效,胡雪岩专门打造了金铲银锅。胡庆余堂后来被人称为"江南药王",与北京同仁堂齐名,始终恪守"戒欺"店训是根本原因。

延伸 YANSHEN

欺骗有术,也有效,然而有限;戒欺无术,也有效,然而无限

借用鲁迅先生谈捣鬼的话说,欺骗有术,也有效,然而有限,所以以此成大事者,古来无有;戒欺无术,也有效,然而无限,所以以此成大事者,古来皆有。

常家戏楼

在山西榆次车辋村常家北祠堂，有一座精美的戏楼。这座戏楼始建于1877年（光绪三年），历时3年才完工，耗银3万两。常家是晋商大户，但一向节俭，为什么要在此时兴建这样一座戏楼呢？

原来，1877年、1878年是中国农历丁丑、戊寅年，中国北

常家戏楼

方一些省份遭受 300 年未遇的特大旱灾，其中又以山西最为严重，基本上是颗粒无收，史称"丁戊奇荒"。尽管常家也受到重大影响，但还是捐出赈灾银 3 万两，同时又用盖戏楼的方法救济灾民。常家规定，只要搬一块砖，就管一天的饭，大灾持续了 3 年，这座戏楼也盖了 3 年，十里八乡的百姓无不交口称赞。正因为如此，尽管常家是山西乃至全国数得着的富户，但并没有受到仇富的威胁。

仇富有两种情形，钱是怎么来的和怎么用的

仇富有两种情形，钱是怎么来的和怎么用的。如果是贪赃枉法、坑蒙拐骗得来的钱，又用这些钱过纸醉金迷的生活，怎么能不招致仇富呢？如果是守法经营、勤劳致富得来的钱，又用这些钱帮助他人、造福社会，就不会有担心仇富的烦恼了。

不幸的大奖

2002 年 12 月 26 日，对于美国人安德鲁·杰克·惠特克来说，是一个极其幸运的日子。他中了 3.149 亿美元的强力彩票大奖！一夜之间使自己由千万富翁变成亿万富翁。因为此前他开了一家下水管道公司，拥有 1 700 万美元的身家。

惠特克一家兑奖

然而，幸运的大奖却给他带来了不幸的生活。认识的和不认识的人都找上门来寻求所谓支持，使他无法继续享受以往的平静生活。本来还算量入为出的他,也开始大手大脚,甚至频繁光顾声色场所。他最疼爱的外孙女更是花钱如流水,并染上了毒瘾,于 2004 年因毒身亡。特别是他同许多人的关系变得紧张,产生了各种纠纷,在 2007 年被人成功告倒,因无力支付赔偿被迫宣布破产。面对中奖后发生的这一切,他哭诉道:"我要是当初撕了那张彩票,该有多好!"

得了意外之财,谨防意外之祸

惠特克的遭遇警示世人:得了意外之财,谨防意外之祸。

张说与《钱本草》

张说是唐朝政治家、文学家，一生曾先后三次为相，执掌文坛30年，为开元前期一代文宗，号称"燕许大手笔"。但张说生性贪财，利用职权徇私舞弊，收受贿赂。有一年唐玄宗封禅泰山时，张说为封禅使。按照惯例，封禅之后三品以下官员总要官升一级。张说利用职权，把本是九品小官的女婿郑镒提升至五品，并赐绯色朝服。唐玄宗大宴群臣，看到郑镒，问他为什么升得这样快。郑镒无言以对，戏子黄幡绰道："这都是泰山的功劳啊！"后来，人们便把岳父称为"泰山"了。

张说像

726年后，张说被多人弹劾且罪状大多数属实，于是唐玄宗先是免了张说的职，后又勒令其退休。这期间，张说认真反思，有所醒悟，于是仿照《神农本草经》的风格，写下了流传至今的著名奇文《钱本草》。全文共188个字："钱，味甘，大热，有毒。偏能驻颜采泽流润，善疗饥寒，解困厄之患立验。能利邦国、污贤达、畏清廉。贪者服之，以均平为良；如不均平，则冷热相激，令人霍乱。其药，采无时，采之非理则伤神。此既流行，能召神灵，通鬼气。如积而不散，则有水火盗贼之灾生；如散而不积，则有饥寒困厄之患至。一积一散谓之道，不以为珍谓之德，取与合宜谓之义，无求非分谓之礼，博施济众谓之仁，出不失期谓之信，入不妨己谓之智。以此七术精炼，方可久而服之，令人长寿。若服之非理，则弱志伤神，切须忌之。"

君子爱财，取之有道，用之有度

张说的《钱本草》值得人们研究思考，因为它揭示了人们离不开金钱，即钱不是万能的，但没有钱是万万不能的；又揭示了金钱也能害人，即人不能把钱带进坟墓，但钱能把人带进坟墓；更揭示了取用金钱的原则方法，即君子爱财，取之有道，用之有度。

爱心与善举

社会如同一辆公交车，大家都在同一辆车上，如果一个人绝望，所有人都不安全。所以，想让自己活得更好，就得让别人不要活得太差。尤其是不要对他人的苦难无动于衷，既要有同情的泪水，更要有行善的援手。

"抱抱我"

2013年8月15日,广州《羊城晚报》讲述了这样一个故事。中国内地一对曾经爱得如漆似胶的恋人,因为女方发现男方有暴力倾向而中断往来。因男方苦苦哀求,女方答应在常去的街心花园再见最后一面。男方威胁说:"你不答应我,我就杀了你!"女方倔强地说:"你就是杀了我,我也不答应你!"男方真的掏出了刀子,向女方捅去,一连捅了八刀。一开始,女方还反抗,随着失血过多,甚至没有了挣扎的力气。正当男方毫不手软地准备捅第九刀时,女方用微弱的声音对他说:"抱抱我。"

《羊城晚报》的报道

男方惊呆了，扔掉屠刀，抱起女方，发疯似的拦了一辆出租车，把她送到了医院。因抢救及时，女方保住了性命。男方拨通了公安局的电话，投案自首。是什么让男方举起屠刀？是什么又让他放下屠刀？

让世界充满爱的关键是，营造有利于奉献爱心的环境

///

人是社会环境的产物，身上本来就有善与恶的种子，哪个发芽主要取决于适宜的环境。因此，让世界充满爱的关键是，营造有利于奉献爱心的环境。营造这种环境人人有责，因为人人都既受环境的影响，又是影响他人环境的一部分。

为了乞丐的尊严

来自湖北的刘大军夫妇在吉林省长春市朝阳区新疆街市场内开了一家馄饨铺,专门售卖馄饨和包子。有一位年逾七旬的乞丐,经常来这里吃饭。刘大军夫妇发现,这位老人拿硬币买饭时,经常会夹带着几枚游戏币,但他们从未拆穿。对此,刘大军总是这样说:"像这样生活艰难的老人,能帮上他就帮帮。不想拆穿他,是怕他觉得没面子,以后不来了。"

刘大军一家

2011年11月2日,《新文化报》报道了这件小事,感动了许多人,也引发了关于怎样做慈善的讨论。

做慈善不仅要考虑受助者的物质需求,还要考虑他们的精神需求

受助者虽然属于弱势群体,但他们作为人同样需要尊严和其他精神需求。因此,做慈善不仅要考虑受助者的物质需求,帮助解决肚子问题,还要考虑他们的精神需求,帮助解决面子问题,这可以称为精神慈善。

第二次生命

2004年,湖北巴东女工殷顺玉的风湿性心脏病恶化。基本上已无痊愈希望的她,联系到了深圳市眼科医院姚晓明博士,希望能够接受她捐赠眼角膜等器官。5月18日,殷顺玉登上了开往深圳的火车。火车驶入湖南境内时,她突然发病,列车长安排她在长沙站下车接受紧急救治,而她为了保住供体鲜活有效,坚持"我死也要死在深圳",并签下了"拒绝下车、后果自负"的生死状。

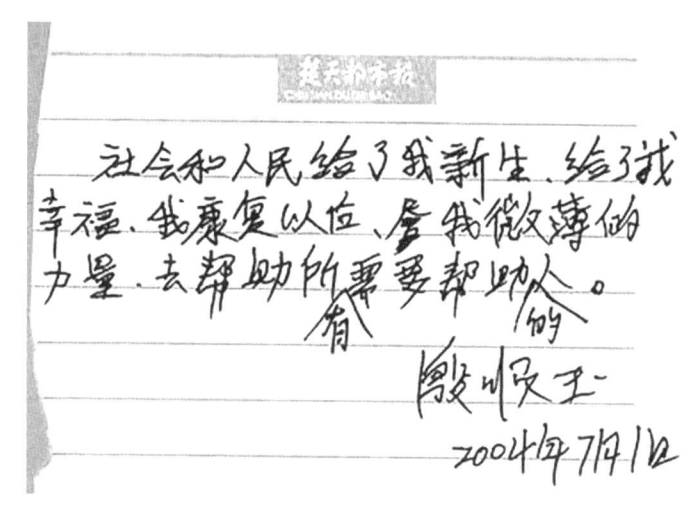

殷顺玉的感谢信

殷顺玉的爱心壮举感动了姚博士,感动了医院,也感动了社会各界人士。到达深圳后,医院立即组织专家会诊,发现殷顺玉病情危重,但如果做心脏换瓣手术成功,还有一线生存希望。许多人伸出援助之手,6万元手术费几天后就全部到位。6月1日,殷顺玉在手术前将一封信交给姚博士,再次表示:"将我的眼角膜、肝脏、肾脏及所有有用的器官捐出来,遗体捐给深圳卫校做医学实验。"但结果却是意外的惊喜,心脏换瓣手术十分成功,殷顺玉17天后痊愈出院,打算捐献器官的她获得了第二次生命。

帮人就是帮己,害人就是害己

英美科学家研究结果证实,善有善报、恶有恶报是有科学根据的。在很多情况下,帮人就是帮己,害人就是害己。

拾金不昧者的困惑

2006年6月9日至7月9日，德国足球世界杯期间，一位中国记者捡到一个钱包，里面有1 000欧元和几张银行卡。记者将钱包交给巡警后，本想转身离开，却被巡警拽住，非要记者跟他去市政厅领奖。中国记者大惑不解，说道："不！我不要什么奖励，拾金不昧是我们中国人的传统美德。"德国巡警则坚持说："很抱歉，在这里你不可以这样做，请跟我一起去领你应

德国足球世界杯开幕式

得的奖励。"无奈,这位中国记者只得跟他到市政厅领了 200 欧元的奖金和一枚荣誉奖章。

用制度保证好人做好事有好报

好人需要好报,否则谁当好人。做好人,对于个人而言,是一种道德选择;对于国家而言,则需要制度激励。用制度保证好人做好事有好报,就会鼓励更多的人乐于当好人做好事。

最佳居民

2009年初,黑龙江省哈尔滨市民生尚都小区首届最佳居民评选结果揭晓,年近七旬的刘秀英老人当选。其实刘秀英老人并没有做什么惊天动地的大事,做的都是些普普通通的小事,甚至有些是别人做而她不做的事。

民生尚都小区

比如,刘秀英老人从不在清洁工每天清扫完小区后去丢垃圾袋,总是赶在清洁工清理前,将垃圾袋装好,放进垃圾箱里;从不愿意看到宠物狗在小区草坪里便溺,常拿方便袋捡拾,走很远一段路扔到公共厕所里;从不浪费一度电、一粒米、一滴水,并多次向邻居介绍节水秘诀。

有些事不做也是行善

／／／

我们许多人虽然不是大款,但这并不妨碍我们拥有大爱。大爱就是行善,常行就是最佳。特别是,做好事是行善,有些事不做也是行善。

震动全国的公交汽车纵火案

2013年6月7日傍晚，福建省厦门市一辆公交汽车在行驶过程中突然起火，造成47人死亡，34人受伤。经公安机关侦查，这是一起故意纵火案。犯罪嫌疑人叫陈水总，厦门本地人。他6月5日买了汽油，6月7日傍晚上了出事公交汽车，在金山站与蔡塘站之间纵火，本人也被当场烧死。

厦门公交汽车纵火案现场

厦门公交汽车纵火案震动了全国。人们一方面强烈谴责陈水总滥烧无辜的罪行，另一方面思考陈水总走上犯罪道路的教训。据了解，陈水总长期挣扎在贫困线上，由希望而失望，由失望而绝望，从而悲观厌世、泄愤纵火。

想让自己活得更好，就得让别人不要活得太差
///

社会如同一辆公交车，大家都在同一辆车上，如果一个人绝望，所有人都不安全。所以，想让自己活得更好，就得让别人不要活得太差。尤其是不要对他人的苦难无动于衷，既要有同情的泪水，更要有行善的援手。

获奖后的悲剧

1993年初，南非摄影记者凯文·卡特来到苏丹采访饥荒和战乱情况，看到了令人心酸的一幕：一个小女孩奄奄一息，瘦弱的身体甚至连自己的头都无力撑起。而在她身后不远处有一只虎视眈眈的秃鹫，正在等待着这顿即将到嘴的美食。卡特迅速按下快门，抢拍了这幅珍贵的照片。同年3月26日，美国《纽约时报》以《饥饿的苏丹》为题刊登了这幅照片，非洲人民饱受饥荒折磨的悲惨境遇，引起了世人的普遍关注。次年5月，卡特获得美国普利策优秀新闻摄影奖。他在给父母的信中难掩获奖后的巨大成就感，"这是我所得到的对我工作的最高承认"。

《饥饿的苏丹》，凯文·卡特摄

然而，1994年7月27日，距离卡特获奖不过两个月，他居然自杀了！人们都在问：一个拍摄了苏丹女孩悲剧的人，为什么自己也成了悲剧中的人。原来《纽约时报》刊登那幅照片后，许多人纷纷询问小女孩下落，并批评卡特没有伸出援手。该照片获奖后，更有人在报上撰文，指责卡特"踩在小女孩的尸体上获得了普利策奖"。卡特陷入了工作与人道的巨大困惑、矛盾和痛苦之中，最后走上了不归路。

延伸 YANSHEN

事业心与爱心是可以兼顾的

卡特的悲剧启示我们，必须处理好事业心与爱心的关系，切不可因事业心忽视了爱心，而要用爱心引导事业心，努力使事业心与爱心心心相印。其实，在很多情况下，事业心与爱心是可以兼顾的，如同越南战争中拍摄《战火中的女孩》的黄功吾所做的那样，抢拍完照片后，连忙用水帮女孩冲洗烧伤部位，并迅速送往医院救治。

事与愿违

1912年10月24日,为争取第三次当选美国总统,西奥多·罗斯福来到威斯康星州的密尔沃基演讲。当他离开宾馆,准备上车赶往会堂时,一个叫约翰·施兰克的激进分子朝他开枪,其中一颗子弹击中了他的胸膛。医生赶来后希望他立即到医院救治,但他自己感觉并没有生命危险,并认为此时正好可以展示自己的硬汉形象,所以坚持赶到会场演讲,一个多小时后才到医院就诊。

西奥多·罗斯福

1912年11月4日大选结果揭晓，罗斯福在总共531张选举人票中，只获得了88票，第三次当选总统梦碎。他在总结这次失利教训时说："我原以为自己的刚强值得夸耀，可民众却觉得它应该受到批评和谴责，没人相信一个不顾惜自己生命的人，会有能力保护好民众。"

一个不爱自己的人，很难让人相信能够顾爱他人

是的，一个不爱自己的人，很难让人相信能够顾爱他人，更遑论保护他人。

特别发言

1992年6月5日至16日,联合国环境与发展大会(又称地球高峰会议)在巴西里约热内卢举行。会议通过了《里约环境与发展宣言》《21世纪行动议程》《气候变化框架公约》《保护生物多样性公约》等重要文件,确立了要为子孙后代造福、走人与大自然协调发展的道路,具有里程碑的意义。这次会议共有近200个国家的1万多名代表与会,众多国家元首、政府首脑、专家学者讲话,但让人们难忘的却是一个小女孩的特别发言。

瑟玟·卡莉丝·铃木在演讲

这个小女孩叫瑟玟·卡莉丝·铃木。其特别之处在于，这个自筹经费与会的加拿大女孩只有12岁，是最小的发言者；她的发言先前并未列入会议议程，是自己主动争取来的；她的发言虽然只有短短的6分钟，但打动了许多与会者，一些人还流下了感动的泪水。她在发言中说："我只是一个小孩，可是我知道我们都是一个大家庭的成员，这个大家庭有50亿人，3 000万个物种，我们共享着同样的空气、水和土壤。国界和政府永远改变不了这个事实。""我只是一个小孩，可是我知道，如果把所有花在战争上的钱用来终止贫困、找寻环境问题的答案，这个地球会变成多么美好的地方！""你们所做的事情，让我在夜晚哭泣。你们大人说你们爱我们，我恳请你们会言行一致。"

延伸 YANSHEN

如果我们真的热爱大自然，就不应当一味索取，还应当努力保护

///

人类之爱，不仅包括人与人之间的爱，也包括同其他生灵的爱，还包括对我们赖以生存的地球家园的爱。爱就其本质而言是付出。因此，如果我们真的热爱大自然，就不应当一味索取，还应当努力保护。保护环境就是保护我们自己，就是保护我们的孩子，就是保护我们的子孙后代。

法治与公正

法律的最大特点是具有严肃性、权威性、强制性。因此,执法必须严格,绝不能削弱其硬度;同时又要考虑违法者的具体情况,体现出应有的温度。

昆士兰大学与梅勒家族

1926年，澳大利亚昆士兰大学打算建造新校园，地址选在倚傍布里斯班河边的圣鲁西亚区。这可是一笔不小的费用。当地富翁梅勒家族获悉此事后，表示愿意用8万英镑将这块地买下，赠给昆士兰大学。然而出乎意料的是，梅勒家族的善意竟激起了一些人的愤慨，反对昆士兰大学接受这样的捐赠。这是怎么回事呢？

澳大利亚昆士兰大学

1848年布里斯班发生一起命案，一名从南方来的锯工在一家旅馆被杀，警方认为凶手是死者在该旅馆当厨师的朋友，因而将其处死。17年后，一个叫屈派克·梅勒的人在临死前向神父忏悔，承认那位锯工是被自己所杀，动机是贪图他随身携带的300英镑。要知道，当时在一家屠宰场打工的他，一个月的薪水才1英镑。后来，梅勒用这300英镑做资本，很快成为当地富翁，并当上了布里斯班首届市政委员会委员。但无论怎样的巨额财富和社会地位，都无法使梅勒摆脱深重的罪恶感，终于在临终前向神父和盘托出，以求解脱。

这件事并没有因梅勒死亡而结束，反而是梅勒家族噩运的开始。梅勒共有5个孩子，其中2个因先天性精神病而死，剩下的3个因倍受歧视，终生未婚，只能不断地行善，来替父亲赎罪。这就有了本文开头所说的向昆士兰大学的捐赠之事。毕竟昆士兰大学太需要这笔钱了，所以最后还是顶住压力接受了。后来，昆士兰大学又接受了梅勒家族最后辞世的两个孩子捐赠的1万英镑和其他遗产，但很长时间没做任何感谢的表示。

铐有两种，一种是手铐，另一种是心铐

铐有两种，一种是手铐，另一种是心铐。违法乱纪者只有两种结局，要么每天提心吊胆戴心铐，要么罪行败露戴手铐。敬畏和自觉遵纪守法者，则无带心铐之苦，又无戴手铐之忧。

交警救助违法驾驶员

2017年3月1日上午,浙江省桐庐县交警在320国道开展道路交通违法整治时,截停一辆无牌照的江西抚州三轮摩托车。经检查发现,该车涉嫌多项违法行为,包括未悬挂机动车辆号牌、未上车辆保险、非法改装和非法载客等。因此,交警按有关法律规定,当场做出了查扣该车的处罚。

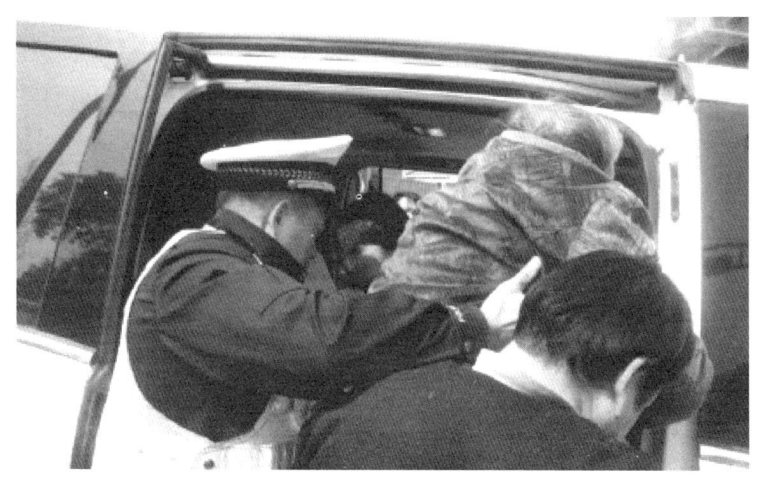

交警搀扶老人上警车

违法驾驶员听说要查扣车辆,显得十分激动。原来,他家经济状况拮据,这次带全身多处骨折的80多岁老母亲去杭州治病，因无法正常乘坐客运车辆，又无力负担 120 救护车辆的费用，所以才想到用改装的三轮摩托车。交警了解到违法驾驶员的困难后，一方面坚持严格执法，查扣了三轮摩托车；另一方面启动应急救助预案，准备了一辆宽敞的警车，将老人及其家人安全送到杭州的医院。

延伸 YANSHEN

执法应体现出应有的温度

///

法律的最大特点是具有严肃性、权威性、强制性。因此，执法必须严格，绝不能削弱其硬度；同时又要考虑违法者的具体情况，体现出应有的温度。

总理求情

2002年12月，越南裔澳大利亚青年阮拓文过境新加坡，因在机场被搜出携带396克海洛因而被捕。2004年3月，新加坡法院判决阮拓文贩毒罪名成立，处以绞刑。该判决在早已废除死刑的澳大利亚激起了强烈反响，当地舆论认为，死刑判决"严厉而残酷"，呼吁予以赦免。2005年11月27日，澳大利亚总理霍华德在出席英联邦首脑峰会时，向李显龙总理请求"刀下留人"，但没有得到同意，这已是霍华德的第5次求情了。无奈之下，霍华德提出了让阮拓文在死刑前与家人有身体接触的

阮拓文与母亲最后一别

要求。但新加坡政府还是拒绝了拥抱的请求,只准许握手这种"有限的身体接触"。

2005年12月2日,阮拓文在新加坡被执行绞刑。霍华德5次求情只换来阮拓文与家人的最后一次握手。

▶ 延伸 YANSHEN

法律面前人人平等是具体的

法律面前人人平等,这种平等是具体的,既包括官员与平民,富人与穷人,名人与凡人,也包括本国人与外国人,只有这样才能维护法律的尊严。

决定胜负的擦边球

2005年5月4日,第48届世乒赛男单1/8决赛正在上海体育馆进行,对阵双方是世界名将中国的刘国正和德国的波尔。前六局双方打成3∶3。在决定胜负的第七局,刘国正以12∶13落后,再输一分就会被淘汰。在这关键时刻,刘国正回球出界。波尔的教练见状后立即起身狂欢,并准备冲进场内拥抱获胜的弟子。然而,令人难以置信的一幕出现了,波尔主动伸手示意

刘国正与波尔赛后拥抱

裁判："球擦边了！"裁判随即判刘国正得分，13平。这样，刘国正被自己的对手从失败的悬崖边上拉了回来。刘国正一鼓作气连拿两分，以15∶13赢下了这场惊心动魄的比赛。

其实，那个决定胜负的擦边球太不明显了，观众看不见，对面的刘国正没看清，裁判也可能错判，但波尔为什么要伸手示意，将到手的胜利放弃了呢？波尔在接受记者采访的时候是这样回答的："我当然知道，我也十分渴望拿下这场球。可是我看到球擦边了就是擦边，我示意的时候什么也没想。我觉得比赛应该是公正的，我必须这么做，公正让我别无选择。"显然，遵守比赛规则，保证比赛公平，已经成为波尔的自觉行为。

任何他觉只有内化为自觉，变"要我做"为"我要做"，才能得到切实遵守

法律、规定、规则等都具有强制性，本质上属于他觉的范畴。但任何他觉只有内化为自觉，变"要我做"为"我要做"，才能得到切实遵守。

自判死罪

李离是春秋时期晋国晋文公任命的最高司法长官。有一次,李离听取了下属错误的报告,把罪不至死的犯人执行了死刑。他发现后,按照晋国法律规定,把自己拘禁起来并判处死罪。晋文公不同意他这样做,说:"官职贵贱不一,刑罚也轻重有别。这是你手下官吏的过失,不是你的罪责。"李离不认同这个说法,说:"臣担当的官职是长官,不曾把高位让给下属,我领

李离伏剑

取的官俸很多，也不曾把好处分给他们。如今我听察案情有误而枉杀人命，却把责任推诿给下级，这种道理我没听过。"他拒绝接受晋文公的赦免命令。晋文公又说："你认定自己有罪，那你是我任命的，我也有罪吗？"李离坚持说："法官断案有法规，错判刑就要亲自受刑，错杀人就要以死偿命。您因为臣能听察细微隐情事理，决断疑难案件，才让我做最高司法长官。现在我听察案情有误而枉杀人命，应该判处死罪。"于是，仍不接受晋文公的赦免命令，拔剑自刎而死。

执法者同样是守法者

执法者同样是守法者。如果说严格执法是他的权利，那么模范守法就是他的义务。

砍不起的树

澳大利亚的迈克尔·文森特·贝克是个名副其实的地主，有 350 公顷土地，土地上还生长着大片森林。他想，这么大面积的森林，一旦发生火灾后果不堪设想。于是，他给自家这片森林做了一条防火隔离带，隔离带内的树木统统砍掉。贝克万万没想到他为此竟吃了官司，并且面临天价处罚。2017 年，布里斯班地方法院判决贝克缴纳 27.6 万澳元违规罚款，并且支付 70.6 万澳元诉讼及调查费用，将近 100 万澳元！

随意砍伐树木的代价

澳大利亚法律规定，任何人都不能随意砍伐树木，包括自家的树木。如果确实要砍，当事人必须向园林部门申请，申请获批后要向砍伐机构付款，砍伐一棵大树高达上千甚至上万澳元。砍不起树，是澳大利亚人的普遍感受，而这正是澳大利亚颁布该部法律的目的。正因为砍不起树，澳大利亚的绿化达到了世界最好水平。

成本是驯服人们行为的笼子

成本是驯服人们行为的笼子。如果违法成本高于守法成本，那么人们就会认为违法不值得，从而倾向于守法，这可以称为"违法不值得定律"。

醉驾入刑第一人

2011年5月9日晚,因创作《同桌的你》《睡在我上铺的兄弟》等校园民谣歌曲而享誉乐坛的著名音乐人高晓松,在北京市东城区酒后驾车发生追尾事故,造成四车相撞,四人受伤。经检测,高晓松每百毫升血液酒精含量为243.04毫克,属于严重醉酒驾车,遂于5月17日被东城区法院以危险驾驶罪,判处

醉驾车祸现场

拘役6个月，罚款4 000元人民币。高晓松在庭审中认错态度诚恳，并展示了写在一张纸上的八个字："酒令智昏，以我为戒。"因为酒驾入刑的法律规定于2011年5月1日开始生效，所以高晓松便为全国"醉驾入刑第一人"。

是什么导致高晓松竟然在酒驾入刑法规刚刚颁布实施，还去以身试法呢？社会上有许多讨论，高晓松自己也做了剖析。他在庭审时说："这不是一个简单的意外，是我长期以来浮躁、自负的结果。"的确，高晓松走到这一步不是偶然的。就在这次被判入狱前，他就因使用过期驾照被罚款1 000元人民币。此前他在一次电视节目中坦承，几年前在美国就因酒后驾车被警方处理过，只不过那次错误比较轻，处罚也不重，仅仅是"劳动改造"而已。

坚决杜绝第一次，坚决防止侥幸心理，坚决防止破窗效应

美国著名安全工程师赫伯特·威廉·海因里希曾提出一个著名的安全法则，即当一个企业发生一起重伤死亡事故时，此前非常可能发生了29起轻伤或故障，另有300起隐患或违章。"海因里希安全法则"具有普遍意义，很多大的违反法纪事件发生前，都发生过一些小的违反法纪事件，存在许多违反法纪隐患。因此，真正做到遵纪守法，必须防微杜渐，特别是坚决杜绝第一次，坚决防止侥幸心理，坚决防止破窗效应。

不务正业？

20世纪80年代，美国纽约被称为犯罪天堂，凶杀案频发，毒品泛滥，流浪汉满街，人们普遍没有安全感，"逃离纽约"成为越来越多人的选择。

鲁迪·朱利安尼

1993年，鲁迪·朱利安尼当选纽约市市长，并于1997年成功连任。在朱利安尼担任市长期间，他将打击犯罪、恢复秩序作为首要任务，并采取了不同以往的执法战略，即对重大犯罪活动进行打击的同时，将重点转向整治小型违法行为。当时地铁是犯罪的高发区。为此，他责成警察局抓好两件看似不务正业的小事,一是派出大批警察抓逃票的,二是清洗地铁内的所有涂鸦,以此向所有可能的罪犯发出一个强烈警讯:纽约市的犯罪环境将得到彻底清洁,这里将不再是犯罪的天堂。这个战略是成功的,到2001年朱利安尼卸任时,纽约已经成为全美最安全的城市之一。

延伸 YANSHEN

没有天生的罪犯

中国古语说,近朱者赤,近墨者黑,这是十分正确的。人是环境的产物,有什么样的环境,就会有什么样的人。没有天生的罪犯。因此,解决犯罪问题,要从治理犯罪环境入手,这应该是治本之策,并成为治安部门的正业。

无法下手

成立于 1945 年的联合国是一个庞大的组织，下设 6 个主要机关，15 个专门机构，拥有来自全球各国的 36 000 多名职员，各项经费开支浩繁，但很少听说这里发生腐败丑闻。人们不禁要问，这是为什么？

联合国教科文组织

杨天全在联合国教科文组织供职达 30 年，先后担任预算局处长、副局长、局长和助理总干事等职。他对这个问题的回答是:"制度使然。"他以联合国教科文组织为例具体解释说,比如,召开一个小型会议,预算局做出预算15万美元,但预算局见不到钱,还有一个平行的专门管钱的财务局,并且这个局必须有三位官员共同签字才能开出支票。他特别谈道:"联合国的官员都不是圣人,面对巨额钞票要说一点欲望都没有,那恐怕不实在,但是想拿,又无法下手。"

解决贪腐问题,既要采取高压震慑手段,还要采取道德教化手段,更重要的是建立并执行一套无法下手的制度

///

贪腐是人类社会一定阶段的普遍现象。解决贪腐问题,既要采取高压震慑手段,使之不敢腐;还要采取道德教化手段,使之不愿腐;更重要而切实的是建立并执行一套无法下手的制度,使之想腐而不能腐。

布哈林平反

1938年3月,曾长期担任苏共中央政治局委员、被列宁誉为"党的最伟大理论家"的尼古拉·伊万诺维奇·布哈林,被指控充当外国间谍,经斯大林批准处以极刑。在被批捕前夕,布哈林预见到自己必死无疑,写下了致未来一代党的领导人的信,申明"我从来没有当过叛徒",并表示坚信"经过历史的过滤器,早晚不可避免地将会把我头上的污秽冲掉"。信写好以后,考虑到当时的严酷环境,布哈林觉得藏在任何地方都不安全,于是让他年轻的妻子拉林娜默记于心,然后烧掉了。

布哈林

漫长的半个世纪过去后，拉林娜认为申诉的时机成熟了，才将这封信默写下来，交给了苏共中央。1988年2月4日，苏联最高法院全体会议做出决议，撤销1938年3月13日苏联最高法院军事法庭对布哈林等人的判决，宣布他们无罪。

正义可能会迟到，但绝不会缺席
///
古今中外无数事实证明了这样一个真理：正义可能会迟到，但绝不会缺席。

左拉的《我控诉!》

爱弥尔·左拉是 19 世纪法国著名作家,先后写了《小酒馆》《娜娜》《萌芽》等几十部小说,在世界文坛上具有重要影响。然而,左拉更广为人知的,是一篇名为《我控诉!》的文章。

爱弥尔·左拉

1894 年,法国犹太裔上尉军官德雷福斯被军方怀疑向德国出卖情报而被处以终身监禁。1896 年,反间谍处处长皮卡尔查明真正的内奸是艾斯特拉齐,德雷福斯是无辜的。但军方为了维护自己的声誉，拒不给德雷福斯平反，宣判艾斯特拉齐无罪，并把了解真相的皮卡尔派往遥远的突尼斯。左拉从多种渠道了解事情真相后拍案而起，于1898年1月13日，在法国《震旦报》上发表了《我控诉!》的万字檄文，揭露了德雷福斯事件真相，控诉了军方的卑劣行径，并在文章最后写道："至于我控诉的人，我并不认识他们，我从未见过他们，和他们没有个人恩怨仇恨。我在此采取的行动，只是为了促使真理和正义大白于天下。"主持公道的左拉遭到当局迫害，被判处一年有期徒刑，罚款3 000法郎。左拉的正义之举，得到了越来越多人的支持，形成了对当局的巨大压力。1899年9月，法国总统宣布对德雷福斯特赦。1906年7月12日，法国最高法院宣布对德雷福斯的判决无效。

正义有时不会自动到来

正义迟早要到来，但有时不会自动到来。这就要求人们当正义遭到践踏的时候，要挺身而出去伸张正义。如果因为事不关己或心存畏惧而任由正义遭受践踏，不仅是助纣为虐，而且说不定哪天还会殃及自己。